Translated Language Learning

Alice's Adventures in Wonderland

De Avonturen van Alice in Wonderland

Lewis Carroll

English / Nederlands

Published by Tranzlaty

ISBN: 978-1-83566-714-9

Original text: Alice's Adventures in Wonderland
by Lewis Carroll (1865)
Abridged by Sam'l Gabriel Sons (1916)
www.tranzlaty.com

Down the Rabbit Hole
In het konijnenhol

Alice was beginning to get very tired
Alice begon erg moe te worden
she was sitting by her sister on the grass bank
Ze zat naast haar zus op de grasbank
but she had nothing to do
Maar ze had niets te doen
her sister was reading a book
Haar zus was een boek aan het lezen
once or twice Alice peeped into the book
een of twee keer gluurde Alice in het boek
but the book had no pictures or conversations in it
Maar het boek bevatte geen foto's of gesprekken
"what use is a book without pictures?," thought Alice
"Wat heb je aan een boek zonder plaatjes?", dacht Alice
"why would a book have no conversations?"
"Waarom zou een boek geen gesprekken hebben?"
but she had other things to consider

Maar ze had andere dingen om rekening mee te houden

"making a chain of daisies would be a pleasure"

"Het zou een plezier zijn om een ketting van madeliefjes te maken"

"but is it worth the effort of getting up and picking the daisies??"

"Maar is het de moeite waard om op te staan en de madeliefjes te plukken??"

this was not so easy to think about

Dit was niet zo gemakkelijk om over na te denken

because the day was making her feel sleepy and stupid

Omdat de dag haar slaperig en dom maakte

but suddenly her thoughts were interrupted

Maar plotseling werden haar gedachten onderbroken

a White Rabbit with pink eyes ran close by her

een wit konijn met roze ogen rende vlak langs haar

There was nothing overly remarkable about the rabbit

Er was niets opmerkelijks aan het konijn

and Alice did not think the rabbit remarkable either

en Alice vond het konijn ook niet opmerkelijk

nor did it surprise her when the Rabbit spoke

Het verbaasde haar ook niet toen het Konijn sprak

"Oh dear! I shall be too late!" he said to himself

"Oh jee! Ik zal te laat zijn!" zei hij tegen zichzelf

but then the Rabbit did something that rabbits didn't do

maar toen deed het Konijn iets wat konijnen niet deden

the Rabbit took a watch out of its waistcoat-pocket

het Konijn haalde een horloge uit zijn vestzak

he looked at the time and then hurried on

Hij keek hoe laat het was en haastte zich toen verder

Alice got to her feet, in amazement

Alice kwam verbaasd overeind

she had never seen a rabbit with a waistcoat before!

Ze had nog nooit een konijn met een vest gezien!

nor had she ever seen a rabbit with a watch!

Ze had ook nog nooit een konijn met een horloge gezien!

Alice was burning with a new curiosity

Alice brandde van een nieuwe nieuwsgierigheid

and she ran across the field after the Rabbit

en ze rende over het veld achter het Konijn aan

she was just in time to see the rabbit disappear

Ze was net op tijd om het konijn te zien verdwijnen

the rabbit hopped down into a large rabbit-hole

Het konijn sprong naar beneden in een groot konijnenhol

In another moment, down went Alice after the rabbit!

In een ander moment ging Alice achter het konijn aan!

The rabbit-hole went straight on like a tunnel

Het konijnenhol ging rechtdoor als een tunnel

and the tunnel kept going for some distance

En de tunnel bleef een eindje doorgaan

and then the path suddenly dipped down

En toen dook het pad plotseling naar beneden

Alice had not a moment to think about stopping herself

Alice had geen moment om na te denken over het stoppen van zichzelf
she found herself falling down and down and down
Ze merkte dat ze naar beneden en naar beneden en naar beneden en naar beneden viel
it seemed as if she had fallen down a very deep well
Het leek alsof ze in een hele diepe put was gevallen
Either the well was very deep, or she fell very slowly
Of de put was heel diep, of ze viel heel langzaam
because she had plenty of time to fall
Omdat ze alle tijd had om te vallen
as she was falling she could look all around her
Terwijl ze viel, kon ze om zich heen kijken
First, she tried to make out where she was going
Eerst probeerde ze erachter te komen waar ze heen ging
but the well was too dark to see anything
Maar de put was te donker om iets te zien
then she looked at the sides of the well
Toen keek ze naar de zijkanten van de put
and she noticed that there were cupboards all around her
En ze merkte dat er overal om haar heen kasten waren
and all around the well were book-shelves
En rondom de put stonden boekenplanken
here and there she saw maps and pictures hung upon pegs
Hier en daar zag ze kaarten en foto's aan pinnen hangen
She took down a jar from one of the shelves as she passed
Ze pakte een pot van een van de planken terwijl ze passeerde
the jar was labelled for its content
De pot was geëtiketteerd vanwege de inhoud
"MARMALADE MADE FROM ORANGES"
"MARMALADE GEMAAKT VAN SINAASAPPELS"
but, to her great disappointment, the marmalade jar was empty
Maar tot haar grote teleurstelling was het potje marmelade leeg
she did not want to drop the empty marmalade jar
Ze wilde de lege marmeladepot niet laten vallen

and her fall was very slow
En haar val was erg langzaam
so she managed to put the marmalade jar into one of the cupboards
Dus slaagde ze erin om de marmeladepot in een van de kasten te zetten
Down, down, down she fall!
Omlaag, omlaag, naar beneden valt ze!
Would the fall ever come to an end?
Zou er ooit een einde komen aan de zondeval?
There was nothing else to do
Er was niets anders te doen
so Alice soon began talking to herself
dus Alice begon al snel tegen zichzelf te praten
"Dinah will miss me very much tonight, I should think!"
"Dina zal me vanavond heel erg missen, zou ik denken!"
Dinah was Alice's cat
Dina was de kat van Alice
"I hope they'll remember her saucer of milk at tea-time"
"Ik hoop dat ze zich haar schoteltje melk herinneren tijdens de thee"
"Dinah, my dear, I wish you were down here with me!"
"Dina, mijn liefste, ik wou dat je hier bij me was!"
Alice felt that she was dozing off
Alice had het gevoel dat ze in slaap viel
and then suddenly, thump! thump!
En dan plotseling, dreun! bonzen!
down she fell upon a heap of sticks
Ze viel op een hoop stokken
and she landed on a pile of dry leaves
En ze landde op een stapel droge bladeren
and finally the long fall down the hole was over
En eindelijk was de lange val in het gat voorbij
Alice was not a bit hurt
Alice was niet een beetje gekwetst
and she jumped up within a moment
En ze sprong binnen een oogwenk op

She looked up, but it was all dark overhead
Ze keek op, maar het was allemaal donker boven haar hoofd
in front of her was another long corridor
Voor haar was nog een lange gang
and the White Rabbit was still in sight
en het Witte Konijn was nog steeds in zicht
he was hurrying down the corridor
Hij haastte zich door de gang
There was not a moment to be lost
Er was geen moment te verliezen
off ran Alice like the wind
Alice rende weg als de wind
around the corner turned the rabbit
Om de hoek draaide het konijn zich om
she was just in time to hear the rabbit
Ze was net op tijd om het konijn te horen
""Oh, my ears and whiskers"
""Oh, mijn oren en snorharen"
"how late it's getting!"
"Wat wordt het laat!"
She was close behind the rabbit
Ze zat vlak achter het konijn
she turned around another corner
Ze draaide zich nog een hoek om
but the Rabbit was no longer to be seen
maar het Konijn was niet meer te zien
She found herself in a long, low hall
Ze bevond zich in een lange, lage hal
the hall was lit up by a row of ceiling lamps
De zaal werd verlicht door een rij plafondlampen
There were doors all around the hall
Er waren deuren rondom de hal
but all the doors were locked
Maar alle deuren waren op slot
she walked all the way down one side of the hall
Ze liep helemaal langs één kant van de zaal
and she had walked all the way up the other side of the hall

En ze was helemaal naar de andere kant van de gang gelopen
she had tried every door
Ze had elke deur geprobeerd
and she walked sadly down the middle of the hall
En ze liep verdrietig door het midden van de zaal
"how am I ever going to get out again?"
"hoe kom ik er ooit weer uit?"

Suddenly she came upon a little table
Plotseling kwam ze bij een tafeltje
the table was made entirely of solid glass
De tafel is volledig gemaakt van massief glas
There was nothing on the table but a tiny golden key
Er lag niets anders op tafel dan een piepklein goudkleurig sleuteltje
the key might belong to one of the doors!
De sleutel zou wel eens van een van de deuren kunnen zijn!
but, alas! some of the locks were too large for the keys
Maar helaas! Sommige sloten waren te groot voor de sleutels
and for the other locks the key was too small
En voor de andere sloten was de sleutel te klein
but, at any rate, the key opened none of the doors
Maar in ieder geval opende de sleutel geen van de deuren
but what was she to do?
Maar wat moest ze doen?
she went through the hall again
Ze liep weer door de gang
and this time she noticed a low curtain
En deze keer zag ze een laag gordijn
behind the curtain was a little door
Achter het gordijn was een deurtje
the door was about fifteen inches high
De deur was ongeveer vijftien centimeter hoog
She tried the little golden key in the lock
Ze probeerde het gouden sleuteltje in het slot
and to her great delight, the key fit in the lock!
En tot haar grote vreugde paste de sleutel in het slot!
Alice opened the door
Alice opende de deur
and she found the door led into a small corridor
En ze ontdekte dat de deur naar een kleine gang leidde
the corridor was not much larger than a rat-hole
De gang was niet veel groter dan een rattenhol
she knelt down and looked along the corridor
Ze knielde neer en keek de gang in

and she saw the loveliest garden you have ever seen
En ze zag de mooiste tuin die je ooit hebt gezien
how she longed to get out of that dark hall
Wat verlangde ze ernaar om uit die donkere zaal te komen
how she wanted to wander among those bright flowers
Wat wilde ze dwalen tussen die fleurige bloemen
how cool refreshing those fountains looked
Wat zagen die fonteinen er cool verfrissend uit
but she could not even get her head through the doorway
Maar ze kon niet eens haar hoofd door de deuropening krijgen
"Oh," said Alice, mournfully
"Oh," zei Alice treurig
"how I wish I could fold up like a telescope!"
"Wat zou ik willen dat ik me kon opvouwen als een
telescoop!"
"I think I could fold up like a telescope"
"Ik denk dat ik me zou kunnen opvouwen als een telescoop"
"if I only knew how to begin"
"Als ik maar wist hoe te beginnen"
Alice went back to the table
Alice ging terug naar de tafel
there was the chance of finding another key
Er was de kans om een andere sleutel te vinden
or there might be a book of rules
Of misschien is er een boek met regels
the book could tell her how to fold up like a telescope
Het boek zou haar kunnen vertellen hoe ze zich als een
telescoop moet opvouwen
This time she found a little bottle
Deze keer vond ze een flesje
"this bottle certainly was not here before," said Alice
"Deze fles was hier zeker niet eerder," zei Alice
and tied around the neck of the bottle was a paper label
En om de hals van de fles was een papieren etiket gebonden
the label was beautifully printed in large letters
Het etiket was prachtig gedrukt in grote letters

"DRINK ME"
"DRINK MIJ"
"No, I'll look first," she said
"Nee, ik zal eerst kijken", zei ze
"I'll see whether the bottle is marked as poisonous or not,"
"Ik zal kijken of de fles als giftig is gemarkeerd of niet,"
because she never forgot the lesson about poison
Omdat ze de les over gif nooit vergat
"if a bottle is labelled poisonous, it's bound to disagree with you"
"Als een fles als giftig wordt bestempeld, zal hij het zeker niet met je eens zijn"
However, this bottle was not marked as poisonous
Deze fles was echter niet gemarkeerd als giftig
so Alice ventured to taste the content of the bottle
dus waagde Alice het om de inhoud van de fles te proeven
she found the liquid quite to her liking
Ze vond de vloeistof best naar haar zin
the drink had a sort of mixed flavour
Het drankje had een soort gemengde smaak
cherry-tart, custard, and pineapple
Kersentaart, vla en ananas
roast turkey, toffee, and toast with hot butter
Rooster kalkoen, toffee en toast met hete boter
and she soon finished off the bottle
En ze dronk de fles snel op
"What a curious feeling!" said Alice
"Wat een merkwaardig gevoel!" zei Alice
"I am folding up like a telescope!"
"Ik vouw me op als een telescoop!"
And she was folding up like a telescope indeed!
En ze vouwde zich inderdaad op als een telescoop!
She was now only ten inches high
Ze was nu nog maar tien centimeter hoog
and her face brightened up at her thoughts
En haar gezicht klaarde op bij haar gedachten
now she was the the right size for the little door

Nu had ze de juiste maat voor het deurtje
now she could go into that lovely garden
Nu kon ze die mooie tuin in
soon she stopped getting smaller
Al snel werd ze niet meer kleiner
she decided on going into the garden at once
Ze besloot meteen de tuin in te gaan
but, alas for poor Alice!
maar helaas voor de arme Alice!
she got to the door
Ze kwam bij de deur
but she had forgotten the little golden key
Maar ze was het gouden sleuteltje vergeten
she went back to the table for the key
Ze ging terug naar de tafel voor de sleutel
but she found she could not reach high enough
Maar ze merkte dat ze niet hoog genoeg kon reiken
she could see the key quite plainly through the glass
Ze kon de sleutel heel duidelijk door het glas zien
she tried to climb up the legs of the table
Ze probeerde langs de poten van de tafel omhoog te klimmen
but the glass was far too slippery
Maar het glas was veel te glad
eventually she tired herself out with trying
Uiteindelijk werd ze moe van het proberen
and the poor little girl sat down and cried
En het arme meisje ging zitten en huilde
Alice spoke to herself rather sharply
Alice sprak nogal scherp tegen zichzelf
"Come, there's no use in crying like that!"
"Kom, het heeft geen zin om zo te huilen!"
"I advise you to stop right this minute!"
"Ik raad je aan om nu meteen te stoppen!"
She generally gave herself very good advice
Ze gaf zichzelf over het algemeen zeer goede adviezen
though she very seldom followed her own advice
hoewel ze zelden haar eigen advies opvolgde

and she sometimes was too harsh on herself
En ze was soms te streng voor zichzelf
and her words brought tears into her eyes
En haar woorden brachten tranen in haar ogen
Soon her eye fell upon a little glass box
Al snel viel haar oog op een klein glazen doosje
the little glass box was lying under the table
Het glazen doosje lag onder de tafel
in the glass box was a very small cake
In de glazen doos zat een heel klein taartje
on the cake some words were beautifully written
Op de taart waren enkele woorden prachtig geschreven
the words had been marked in currants
De woorden waren gemarkeerd in krenten
"EAT ME"
"EET MIJ"
"Well, I'll eat the cake," said Alice
"Nou, ik zal de taart opeten", zei Alice
"and if the cake makes me grow larger, I can reach the key"
"En als de taart me groter doet worden, kan ik bij de sleutel"
"and if the cake makes me grow smaller, I can creep under the door"
"En als de taart me kleiner maakt, kan ik onder de deur door kruipen"
"so either way I'll get into the garden"
"dus hoe dan ook, ik ga de tuin in"
"and I don't care which of the two happens!"
"En het kan me niet schelen welke van de twee gebeurt!"
She ate a little bit of the cake
Ze at een klein beetje van de taart
and she anxiously spoke to herself:
En ze sprak angstig tegen zichzelf:
"Which way? Which way?"
"Welke kant op? Welke kant op?"
and she held her hand on her head
En ze hield haar hand op haar hoofd
she wanted to feel which way she was growing

Ze wilde voelen welke kant ze op groeide
she was quite surprised to find what had happened
Ze was nogal verrast toen ze ontdekte wat er was gebeurd
she had remained the same size!
Ze was even groot gebleven!
so this time she doubled her efforts
Dus deze keer verdubbelde ze haar inspanningen
and soon she finished off the whole cake
En al snel maakte ze de hele taart op

The Pool of Tears
De poel van tranen

"This is getting more and more interesting!" cried Alice
"Dit wordt steeds interessanter!" riep Alice
You can see she was very surprised
Je kunt zien dat ze erg verrast was
"I'm opening out like the largest telescope there ever was!"
"Ik open me als de grootste telescoop die er ooit is geweest!"
"Good-bye, feet! Oh, my poor little feet"
"Tot ziens, voeten! Oh, mijn arme kleine voetjes"
"I wonder who will put on your shoes for you now, dears?"
"Ik vraag me af wie nu je schoenen voor je zal aantrekken, lieverds?"
"and I wonder who will put on your stockings?"
"En ik vraag me af wie je kousen zal aantrekken?"
"I shall be a great deal too far away"
"Ik zal veel te ver weg zijn"
"I won't be able trouble myself about you anymore"
"Ik zal me niet meer druk over je kunnen maken"
Just at this moment her head struck against something
Juist op dat moment stootte haar hoofd ergens tegenaan
she had reached the roof of the hall
Ze had het dak van de hal bereikt
in fact, she was now more than two meters tall
In feite was ze nu meer dan twee meter lang
and she at once took up the little golden key
En meteen nam ze het gouden sleuteltje op
and she hurried off to the garden door
En ze haastte zich naar de tuindeur
Poor Alice! There was not much she could do
Arme Alice! Er was niet veel dat ze kon doen
she laid down on one side
Ze ging op één zij liggen
and she looked through into the garden with one eye
En ze keek met één oog de tuin in
but to get through was more hopeless than ever
Maar om er doorheen te komen was hopelozer dan ooit

She sat down and began to cry again
Ze ging zitten en begon weer te huilen
She went on shedding gallons of tears
Ze bleef liters tranen vergieten
soon there was a large pool all around her
Al snel was er een groot zwembad om haar heen
and the water reached half-way down the hall
En het water kwam tot halverwege de zaal
After a time, she heard a little pattering of feet
Na een tijdje hoorde ze een beetje getrappel van voeten
she heard the feet coming from the distance
Ze hoorde de voeten uit de verte komen
and she hastily dried her eyes to see what was coming
En ze droogde haastig haar ogen om te zien wat er ging
komen
It was the White Rabbit returning
Het was het Witte Konijn dat terugkeerde
he was splendidly dressed
Hij was prachtig gekleed
he had a pair of white gloves in one hand
Hij had een paar witte handschoenen in zijn ene hand
and he had a large feather fan in the other hand
En hij had een grote verenwaaier in de andere hand
He came trotting along in a great hurry
Hij kwam in grote haast aandraven
and he muttered to himself, "Oh! the Duchess, the Duchess!"
en hij mompelde in zichzelf: "O! de hertogin, de hertogin!"
"Oh! won't she be savage if I've kept her waiting!"
"Oh! Zou ze niet woest zijn als ik haar heb laten wachten?"

When the Rabbit came near her, Alice spoke
Toen het Konijn bij haar in de buurt kwam, sprak Alice
but she spoke in a low, timid voice
Maar ze sprak met een lage, verlegen stem
"sir, please stop what you're doing for one moment"
"Meneer, stop alstublieft even met wat u aan het doen bent"
The Rabbit startled violently
Het Konijn schrok hevig
he dropped the white gloves and the feather fan
Hij liet de witte handschoenen en de verenwaaier vallen
and he scurried away into the darkness as fast as he could
En hij haastte zich zo snel als hij kon weg in de duisternis
Alice picked up the feather fan and gloves
Alice pakte de verenwaaier en handschoenen op
and she kept fanning herself while she kept talking
En ze bleef zichzelf uitwaaieren terwijl ze bleef praten
"Dear, dear! How strange everything is today!"
"Lieve, lieve! Hoe vreemd is alles vandaag!"
"yesterday things went on just as usual"

"Gisteren ging het gewoon door"
"Was I the same when I got up this morning?"
"Was ik dezelfde toen ik vanmorgen opstond?"
"But if I'm not the same, there is another question"
"Maar als ik niet dezelfde ben, is er een andere vraag"
"Who in the world am I?"
"Wie ben ik in hemelsnaam?"
"Ah, that's the great puzzle!"
"Ah, dat is de grote puzzel!"
As she said this, she looked down at her hands
Terwijl ze dit zei, keek ze naar haar handen
she was wearing one of the rabbits little white gloves
Ze droeg een van de kleine witte handschoentjes van het konijn
she hadn't noticed she put the glove on while talking
Ze had niet gemerkt dat ze de handschoen aantrok tijdens het praten
"How can I have done that?" she thought
"Hoe kan ik dat gedaan hebben?" dacht ze
"I must be growing small again"
"Ik moet weer klein worden"
She got up and went to the table to measure her height
Ze stond op en ging naar de tafel om haar lengte te meten
she found that she was now about half a meter tall
Ze ontdekte dat ze nu ongeveer een halve meter lang was
and she was still shrinking rapidly
En ze kromp nog steeds snel in elkaar
She soon found out what the cause of the shrinking was
Ze kwam er al snel achter wat de oorzaak van het krimpen was
the feather fan was making her smaller again!
De verenwaaier maakte haar weer kleiner!
and she dropped the feather fan hastily
En ze liet de verenwaaier haastig vallen
she dropped the feather fan just in time to save herself
Ze liet de verenwaaier net op tijd vallen om zichzelf te redden
had she fanned herself any longer she would have shrunk

away entirely
Als ze zich nog langer had uitgewaaierd, zou ze helemaal zijn
gekrompen
"That was a narrow escape!" said Alice
"Dat was een nipte ontsnapping!" zei Alice
and she was a good deal frightened at the sudden change
En ze was behoorlijk bang voor de plotselinge verandering
but she was very glad to find herself still in existence
Maar ze was erg blij dat ze nog steeds bestond
"And now, off to the garden!"
"En nu, op naar de tuin!"
And she ran with all speed back to the little door
En ze rende met volle vaart terug naar het deurtje
but, alas! the little door was shut again
Maar helaas! Het deurtje was weer dicht
and the little golden key was lying on the glass table again
En het gouden sleuteltje lag weer op de glazen tafel
"Things are worse than ever," thought the poor child
"Het is erger dan ooit," dacht het arme kind
"I never was so small as this before, never!"
"Ik was nog nooit zo klein als dit, nooit!"
As she said these words, her foot slipped
Terwijl ze deze woorden uitsprak, gleed haar voet uit
and in another moment there was a great splash!
En in een ander moment was er een geweldige plons!
she was up to her chin in salt-water
Ze stond tot haar kin in het zoute water
Her first idea was that she had somehow fallen into the sea
Haar eerste idee was dat ze op de een of andere manier in zee
was gevallen
However, she soon realized what she was in
Ze realiseerde zich echter al snel waar ze zich in bevond
she was in a pool of tears
Ze lag in een poel van tranen
the tears she had wept when she was two meters tall
de tranen die ze had gehuild toen ze twee meter lang was

Just then she heard something
Op dat moment hoorde ze iets
something was splashing about in the pool
Er spetterde iets in het zwembad
the splashing came from a little way off
Het gespetter kwam van een eindje weg
and she swam nearer to see what the splashing was
En ze zwom dichterbij om te zien wat het gespetter was
she soon saw that it was only a little mouse
Ze zag al snel dat het maar een klein muisje was
the little mouse had slipped in to the water too
De kleine muis was ook in het water geglipt
Alice thought to herself about the situation
Alice dacht bij zichzelf na over de situatie
"Would it be of any use to speak to this mouse?"
"Zou het enig nut hebben om met deze muis te praten?"
"Everything is so up-side-down down here"
"Alles staat hier zo op zijn kop"
"I should think very likely this mouse can talk"

"Ik zou denken dat het zeer waarschijnlijk is dat deze muis kan praten"

"at any rate, there's no harm in trying"

"Het kan in ieder geval geen kwaad om het te proberen"

So she began trying to talk to the mouse

Dus begon ze te proberen met de muis te praten

"Oh Mouse, do you know the way out of this pool?"

"Oh Muis, weet jij de weg uit dit zwembad?"

"I am very tired of swimming about here, Oh Mouse!"

"Ik ben het erg beu om hier rond te zwemmen, Oh Muis!"

The mouse looked at her rather inquisitively

De muis keek haar nogal onderzoekend aan

the mouse seemed to wink with one of its little eyes

De muis leek met een van zijn kleine oogjes te knipogen

but the little mouse said nothing

Maar het muisje zei niets

"Perhaps the mouse doesn't understand English," thought Alice

"Misschien verstaat de muis geen Engels", dacht Alice

"I dare say it's a French mouse"

"Ik durf te zeggen dat het een Franse muis is"

"perhaps this mouse came over with William the Conqueror"

"misschien is deze muis overgekomen met Willem de Veroveraar"

So she began again, in French

Dus begon ze opnieuw, in het Frans

"Where is my cat?" she asked in French

"Waar is mijn kat?" vroeg ze in het Frans

it was the first sentence in her French lesson-book

het was de eerste zin in haar Franse lesboek

The Mouse gave a sudden leap out of the water

De Muis maakte een plotselinge sprong uit het water

and the mouse seemed to quiver all over with fright

En de muis leek helemaal te trillen van angst

"Oh, I beg your pardon!" cried Alice hastily

"O, neem me niet kwalijk!" riep Alice haastig

she was afraid that she had hurt the poor animal's feelings

Ze was bang dat ze de gevoelens van het arme dier had
gekwetst
"I quite forgot you didn't like cats"
"Ik was helemaal vergeten dat je niet van katten hield"
**"I don't like cats!" cried the Mouse in a shrill, passionate
voice**
"Ik hou niet van katten!" riep de Muis met een schrille,
hartstochtelijke stem
"Would you like cats, if you were me?"
"Zou je katten willen, als je mij was?"
Alice comforted the mouse in a soothing tone
Alice troostte de muis op een kalmerende toon
"Well, perhaps I would not like cats if I were you either"
"Nou, misschien zou ik ook niet van katten houden als ik jou
was"
"please don't be angry about the mention of cats"
"Wees alsjeblieft niet boos over het noemen van katten"
"And yet I wish I could show you our cat Dinah"
"En toch wou ik dat ik je onze kat Dina kon laten zien"
"if you met her I think you'd take a fancy to cats"
"Als je haar zou ontmoeten, denk ik dat je een oogje op katten
zou hebben"
"if you could only see her"
"Als je haar maar kon zien"
"She is such a dear, quiet thing"
"Ze is zo'n liev, stil ding"
The mouse was shaking all over
De muis trilde helemaal
Alice felt certain the mouse must be really offended
Alice was er zeker van dat de muis echt beledigd moest zijn
"We won't talk about her any more, if you'd rather not"
"We zullen niet meer over haar praten, als je dat liever niet
doet"
"We, indeed!" cried the Mouse
"Wij, inderdaad!" riep de Muis
the mouse was trembling down to the end of its tail
De muis beefde tot het einde van zijn staart

"As if I would talk on such a subject!"
"Alsof ik over zo'n onderwerp zou praten!"
"Our family always hated cats"
"Ons gezin had altijd een hekel aan katten"
"cats; nasty, low, vulgar things!"
"Katten; Smerige, lage, vulgaire dingen!"
"Don't let me hear the name again!"
"Laat me de naam niet meer horen!"
"I won't mention cats again indeed!" said Alice
"Ik zal het inderdaad niet meer over katten hebben!" zei Alice
she was in a great hurry to change the subject
Ze had grote haast om van onderwerp te veranderen
"Are you... are you fond of dogs?"
"Ben jij... Ben je dol op honden?"
"There is such a nice little dog near our house,"
"Er is zo'n leuk hondje in de buurt van ons huis,"
"I should like to show you the little dog!"
"Ik wil je graag het hondje laten zien!"
"this little dog kills all the rats and...
"Dit hondje doodt alle ratten en...
"oh, dear!" cried Alice in a sorrowful tone
"Oh, jee!" riep Alice op een bedroefde toon
"I'm afraid I've offended you again!"
"Ik ben bang dat ik je weer beledigd heb!"
the mouse was swimming away from her as fast as it could go
De muis zwom zo snel als hij kon van haar weg
and the mouse made quite a commotion in the pool
En de muis maakte nogal wat ophef in het zwembad
So she called softly after the mouse
Dus riep ze zachtjes naar de muis
"my dear mouse, please come back!"
"Mijn lieve muis, kom alsjeblieft terug!"
"and we won't talk about cats"
"En we zullen het niet over katten hebben"
"and we don't have to talk about dogs either"
"En we hoeven het ook niet over honden te hebben"

When the mouse heard this, it turned around
Toen de muis dit hoorde, draaide hij zich om
and the little mouse swam slowly back to her
En de kleine muis zwom langzaam terug naar haar
the mouse's face was quite pale
Het gezicht van de muis was nogal bleek
and the mouse spoke, in a low, trembling voice
En de muis sprak, met een lage, bevende stem
"Let us get to the shore"
"Laten we naar de kust gaan"
"and then I'll tell you my history"
"En dan zal ik je mijn geschiedenis vertellen"
"and you'll understand why it is I hate cats and dogs"
"en je zult begrijpen waarom ik katten en honden haat"
It had become high time to go
Het was de hoogste tijd geworden om te gaan
because the pool was getting quite crowded
omdat het zwembad behoorlijk druk werd
other birds and animals had fallen into the pool
Andere vogels en dieren waren in het zwembad gevallen
there were a Duck and a Dodo
er waren een eend en een dodo
and there was a Lory bird and an Eaglet
en er was een Lory vogel en een Adelaar
and there were several other interesting looking creatures
En er waren verschillende andere interessant uitziende
wezens
Alice led the way out the pool
Alice ging voor uit het zwembad
and the whole party of animals swam to the shore
En de hele groep dieren zwom naar de kust

A caucus race and a long tail
Een caucusrace en een lange staart

They were indeed a funny-looking bunch of animals
Het was inderdaad een grappig uitziend stel dieren
and they all assembled on the water's bank
En ze verzamelden zich allemaal aan de oever van het water
the birds all had bedraggled feathers
De vogels hadden allemaal verfomfaaide veren
and the furry animals were soaked through
En de harige dieren waren doorweekt
and all were dripping wet, annoyed and uncomfortable
En ze waren allemaal druipnat, geïrriteerd en ongemakkelijk

there was one question that had to be answered first
Er was één vraag die eerst beantwoord moest worden
what is the best way for everyone to get dry?
Wat is de beste manier voor iedereen om droog te worden?
They had a consultation about this matter
Ze hadden een consultatie over deze kwestie
soon they were all on familiar terms

Al snel stonden ze allemaal op vertrouwde voet
it was as if she had known them all her life
Het was alsof ze hen haar hele leven had gekend
the mouse seemed to be a person of some authority
De muis leek een persoon met enig gezag te zijn
"Sit down, all of you, and listen to me!
"Ga zitten, jullie allemaal, en luister naar mij!
I'll soon make you all dry again!"
"Ik maak jullie straks weer helemaal droog!"
They all sat down at once, in a large ring
Ze gingen allemaal tegelijk zitten, in een grote ring
and the little mouse sat in the middle
En de kleine muis zat in het midden
"Ahem!" said the mouse with an important air
"Ahum!" zei de muis met een veelbetekenende air
"Are you all ready?"
"Ben je er helemaal klaar voor?"
"This is the driest thing I know"
"Dit is het droogste wat ik ken"
"Silence all around, if you please!"
"Stilte rondom, als je wilt!"
"William the Conqueror was favoured by the pope"
"Willem de Veroveraar werd begunstigd door de paus"
"but he was soon submitted to by the English"
"maar hij werd al snel door de Engelsen onderworpen"
"they wanted leaders of late"
"Ze wilden de laatste tijd leiders"
"and they had been accustomed to power and conquest"
"En zij waren gewend aan macht en verovering"
"Edwin and Morcar, the Earls of Mercia and Northumbria"
"Edwin en Morcar, de graven van Mercia en Northumbria"
"Ugh!" said the lori bird, with a shiver
"Bah!" zei de lori-vogel met een rilling
"and even Stigand, the patriotic archbishop of Canterbury"
"en zelfs Stigand, de patriottische aartsbisschop van
Canterbury"
"he also found it advisable"

"Hij vond het ook raadzaam"
"What did he find advisable?" said the duck
"Wat vond hij raadzaam?" zei de eend
"He found it advisable" the mouse replied rather crossly
"Hij vond het raadzaam," antwoordde de muis nogal boos
but the duck was not satisfied
Maar de eend was niet tevreden
"of course, you know what 'it' means"
"Natuurlijk, je weet wat 'het' betekent"
"I know what 'it' is when I find a thing," said the duck
"Ik weet wat 'het' is als ik iets vind," zei de eend
"it's generally a frog or a worm"
"Het is meestal een kikker of een worm"
"The question is, what did the archbishop find?"
"De vraag is, wat heeft de aartsbisschop gevonden?"
The mouse did not notice this question
De muis merkte deze vraag niet op
instead, the mouse hurriedly went on with the speech
In plaats daarvan ging de muis haastig verder met zijn
toespraak
"he found it advisable to go with Edgar Atheling"
"hij vond het raadzaam om met Edgar Atheling mee te gaan"
"to meet William and offer him the crown"
"om Willem te ontmoeten en hem de kroon aan te bieden"
the mouse continued, turning to Alice as it spoke
de muis ging verder en wendde zich tot Alice terwijl hij sprak
"How are you getting on now, my dear?"
"Hoe gaat het nu met je, mijn liefste?"
"As wet as ever," said Alice in a melancholy tone
'Zo nat als altijd,' zei Alice op een melancholische toon
"this story doesn't seem to dry me at all"
"Dit verhaal lijkt me helemaal niet uit te drogen"
"In that case," said the dodo solemnly, rising to its feet
"In dat geval," zei de dodo plechtig, terwijl hij opstond
"I vote that the meeting be adjourned"
"Ik stem voor schorsing van de vergadering"
"and I propose an immediate adoption of more energetic

remedies"
"en ik stel een onmiddellijke adoptie van meer energetische remedies voor"
"Speak real words!" said the eaglet
"Spreek echte woorden!" zei de adelaar
"I don't know the meaning of half of those long words"
"Ik ken de betekenis van de helft van die lange woorden niet"
"and, what's more, I don't believe you know either!"
"En wat meer is, ik geloof ook niet dat jij het weet!"
"What I was going to say," said the dodo in an offended tone
"Wat ik wilde zeggen," zei de dodo op een beledigde toon
"the best thing to get us dry would be a caucus-race"
"Het beste om ons droog te krijgen zou een caucus-race zijn"
"What is a caucus-race?" said Alice
"Wat is een caucus-race?" zei Alice

"Well," said the dodo, "the best way to explain it is to do it"
"Nou," zei de dodo, "de beste manier om het uit te leggen is door het te doen"
"First the dodo marked out a race-course"

"Eerst heeft de dodo een renbaan uitgezet"
"the track was in a sort of circle"
"De baan stond in een soort cirkel"
"and then all the party were placed along the course"
"En toen werd het hele gezelschap langs het parcours geplaatst"
There was no "One, two, three and away!"
Er was geen "Een, twee, drie en weg!"
but they began running when they liked
Maar ze begonnen te rennen wanneer ze wilden
and they also finished when they liked
En ze maakten het ook af wanneer ze wilden
so it was not easy to know when the race was over
Het was dus niet gemakkelijk om te weten wanneer de race voorbij was
after half an hour or so of running they were all quite dry
Na een half uur of zo rennen waren ze allemaal behoorlijk droog
the dodo suddenly called out, "The race is over!"
de dodo riep plotseling: "De race is voorbij!"
and they all crowded around the dodo
En ze verdrongen zich allemaal rond de dodo
all the animals were panting and puffing
Alle dieren hijgden en puften
and they all wanted to know, "But who has won?"
en ze wilden allemaal weten: "Maar wie heeft er gewonnen?"
This question the dodo could not immediately answer
Deze vraag kon de dodo niet meteen beantwoorden
first he had to do a great deal of thinking
Eerst moest hij veel denkwerk doen
after much thinking, the dodo finally spoke
Na lang nadenken sprak de Dodo eindelijk
"Everybody has won, and all must have prizes"
"Iedereen heeft gewonnen, en iedereen moet prijzen hebben"
"But who is to give the prizes?" asked a chorus of voices
"Maar wie zal de prijzen uitreiken?" vroeg een koor van stemmen

"Well, she, of course," said the dodo
"Nou, zij natuurlijk," zei de dodo
and the dodo pointed with one finger to Alice
en de dodo wees met één vinger naar Alice
and the whole party of animals crowded around her
En de hele kudde dieren verdrong zich om haar heen
they called out, in a confused way, "Prizes! Prizes!"
ze riepen op een verwarde manier: "Prijzen! Prijzen!"
Alice had no idea what to do
Alice had geen idee wat ze moest doen
in despair she put her hand into her pocket
Wanhopig stak ze haar hand in haar zak
and she pulled out a box of sweets
En ze haalde een doos snoep tevoorschijn
luckily the salt-water had not got into the box
Gelukkig was het zoute water niet in de doos gekomen
and she handed the sweets around as prizes
En ze deelde de snoepjes uit als prijzen
There was exactly one piece for everyone
Er was precies één stuk voor iedereen
The next thing they had to do was to eat the sweets
Het volgende wat ze moesten doen was de snoepjes opeten
this caused some noise and confusion
Dit zorgde voor wat ruis en verwarring
**the large birds complained that they could not taste their
sweets**
De grote vogels klaagden dat ze hun snoep niet konden
proeven
the small ones choked and had to be patted on the back
De kleintjes verslikten zich en moesten op de rug worden
geklopt
However, it was over at last
Maar het was eindelijk voorbij
and they sat down again in a ring
En ze gingen weer in een kring zitten
and they begged the mouse to tell them something more
En ze smeekten de muis om hen nog iets te vertellen

"You promised to tell me your history, you know," said Alice
'Je hebt beloofd me je geschiedenis te vertellen, weet je,' zei
Alice
and she made another little remark about cats in a whisper
En ze maakte fluisterend nog een kleine opmerking over
katten
she didn't want to offend the mouse again
Ze wilde de muis niet nog een keer beledigen
the little mouse turned to Alice and sighed
de kleine muis wendde zich tot Alice en zuchtte
"Mine is a long and a sad tale!"
"Het mijne is een lang en een triest verhaal!"
"It is a long tail, certainly," said Alice
"Het is zeker een lange staart," zei Alice
and she looked down with wonder at the mouse's tail
En ze keek vol verwondering naar de staart van de muis
"but why do you call it a sad tail?"
"Maar waarom noem je het een trieste staart?"
**And she kept on puzzling about it while the mouse was
speaking**
En ze bleef erover puzzelen terwijl de muis sprak
so that her idea of the tale was something like this
zodat haar idee van het verhaal ongeveer zo was

"Fury said to
a mouse, That
he met in the
house, 'Let
us both go
to law: *I*
will prosecute
you.—
Come, I'll
take no denial:
We must have
the trial;
For really
this morning
I've
nothing
to do.'
Said the
mouse to
the cur,
'Such a
trial, dear
sir, With
no jury
or judge,
would
be wasting
our
breath.'
'I'll be
judge,
I'll be
jury.'
said
cunning
old
Fury;
'I'll
try
the
whole
cause,
and
condemn
you to
death.'"

Fury said to a mouse, That he met in the house"
Woede zei tegen een muis, die hij in het huis ontmoette"
Let us both go to law: I will prosecute you
Laten we allebei naar de rechter gaan: ik zal je vervolgen
Come, I'll take no denial: We must have the trial
Kom, ik zal het niet ontkennen: we moeten de rechtszaak
hebben
For really this morning I've nothing to do

Want echt vanmorgen heb ik niets te doen
Said the mouse to the cur;
Zei de muis tegen de pastoor;
Such a trial, dear sir, With no jury or judge, would be wasting our breath
Zo'n proces, geachte heer, zonder jury of rechter, zou onze adem verspillen
"I'll be judge, I'll be jury," said cunning old Fury
"Ik zal rechter zijn, ik zal jury zijn," zei de sluwe oude Fury
I'll try the whole cause, and condemn you to death
Ik zal de hele zaak proberen en je ter dood veroordelen
the mouse spoke severely to Alice
de muis sprak streng tegen Alice
"You are not paying attention!"
"Je let niet op!"
"What are you thinking of?"
"Waar denk je aan?"
"I beg your pardon," said Alice very humbly
"Neem me niet kwalijk," zei Alice heel nederig
"you had got to the fifth bend, I think?"
"Je was bij de vijfde bocht aangekomen, denk ik?"
"You insult me by talking such nonsense!"
"Je beledigt me door zulke onzin te praten!"
and the mouse got up and walked away
En de muis stond op en liep weg
Alice called after the little mouse
Alice riep naar het muisje
"Please come back and finish your story!"
"Kom alsjeblieft terug en maak je verhaal af!"
And the others all joined in chorus
En de anderen deden allemaal in koor mee
"Yes, please do finish your story!"
"Ja, maak alsjeblieft je verhaal af!"
But the mouse only shook its head impatiently
Maar de muis schudde alleen maar ongeduldig zijn hoofd
and the little mouse walked a little quicker
En de kleine muis liep een beetje sneller

"I wish I had Dinah, our cat, here!" said Alice
"Ik wou dat ik Dinah, onze kat, hier had!" zei Alice
This caused a remarkable sensation among the party
Dit veroorzaakte een opmerkelijke sensatie onder de partij
Some of the birds hurried off at once
Sommige vogels haastten zich meteen weg
and a Canary called out in a trembling voice, to its children;
en een kanarie riep met bevende stem tot zijn kinderen;
"Come away, my dears!"
"Kom weg, mijn lieverds!"
"It's high time you were all in bed!"
"Het wordt hoog tijd dat jullie allemaal in bed liggen!"
with various excuses they all went away
Met verschillende excuses gingen ze allemaal weg
and Alice was soon left alone
en Alice bleef al snel alleen achter
"I wish I hadn't mentioned Dinah!"
"Ik wou dat ik Dina niet had genoemd!"
"Nobody seems to like her down here"
"Niemand lijkt haar hier leuk te vinden"
"but I'm sure she's the best cat in the world!"
"Maar ik weet zeker dat ze de beste kat ter wereld is!"
Poor Alice began to cry again
Arme Alice begon weer te huilen
because she felt very lonely and low-spirited
Omdat ze zich erg eenzaam en neerslachtig voelde
In a little while, however, she again heard something
Maar na een poosje hoorde ze weer iets
a little pattering of footsteps in the distance
een klein gekletter van voetstappen in de verte
and she looked up eagerly
En ze keek gretig op

The rabbit sends in little Mr Bill
Het konijn stuurt kleine meneer Bill naar binnen

It was the white rabbit,trotting slowly back again
Het was het witte konijn, dat langzaam weer terugdraafde
he was looking about anxiously as he went
Hij keek angstig om zich heen terwijl hij liep
he looked as if he had lost something
Hij zag eruit alsof hij iets kwijt was
Alice heard him muttering to himself
Alice hoorde hem in zichzelf mompelen
"The Duchess! The Duchess! Oh, my dear paws!"
"De hertogin! De hertogin! O, mijn lieve poten!"
"Oh, my fur and whiskers!"
"Oh, mijn vacht en snorharen!"
"She'll get me executed, I'm sure of that"
"Ze zal me laten executeren, daar ben ik zeker van"
"just as sure as ferrets are ferrets!"
"Net zo zeker als fretten fretten zijn!"
"Where can I have dropped my things, I wonder?"

"Waar kan ik mijn spullen hebben laten vallen, vraag ik me
af?"
Alice guessed in a moment what he was looking for
Alice raadde in een oogwenk waar hij naar op zoek was
he was looking for the feather fan
Hij was op zoek naar de verenwaaier
and he was looking for the pair of white gloves
En hij was op zoek naar het paar witte handschoenen
so she very good-naturedly began looking for the gloves
Dus ging ze heel goedmoedig op zoek naar de handschoenen
and she looked for the feather fan too
En ze zocht ook naar de verenwaaier
but the gloves and feather fan were nowhere to be seen
Maar de handschoenen en de verenwaaier waren nergens te
bekennen
**everything seemed to have changed since her swim in the
pool**
Alles leek te zijn veranderd sinds haar zwemmen in het
zwembad
nothing was the same since she had been in the great hall
Niets was meer hetzelfde sinds ze in de Grote Zaal was
geweest
and the glass table had vanished
En de glazen tafel was verdwenen
and the little door wasn't there either
En het deurtje was er ook niet
Very soon the rabbit noticed Alice
Al snel merkte het konijn Alice op
he called to her in an angry tone
Hij riep haar op boze toon
"Mary Ann, what are you doing out here?"
"Mary Ann, wat doe je hier?"
"Run home this moment"
"Ren nu naar huis"
"and fetch me a pair of gloves and a feather fan!"
"En haal een paar handschoenen en een verenwaaier!"
"and be quick about it!"

"En wees er snel bij!"
Alice spoke to herself as she ran off
Alice sprak tegen zichzelf terwijl ze wegrende
"He must have mistaken me for his housemaid!"
"Hij moet me voor zijn dienstmeisje hebben aangezien!"
"How surprised he'll be when he finds out who I am!"
"Wat zal hij verrast zijn als hij erachter komt wie ik ben!"
As she said this, she came upon a neat little house
Terwijl ze dit zei, kwam ze bij een keurig huisje
on the door of the house was a bright brass plate
Op de deur van het huis hing een fel messing plaatje
"W. RABBIT"
"W. KONIJN"
She went in without knocking on the door
Ze ging naar binnen zonder op de deur te kloppen
and she hurried straight upstairs
En ze haastte zich meteen naar boven
she worried that she might meet the real Mary Ann
ze was bang dat ze de echte Mary Ann zou ontmoeten
because then she would be turned out of the house
Want dan zou ze het huis uit worden gezet
and she wouldn't be able to find the feather fan and gloves
En ze zou de verenwaaier en handschoenen niet kunnen
vinden
Alice had found her way into a tidy little room
Alice had haar weg gevonden naar een opgeruimd kamertje
in the room was a table by the window
In de kamer stond een tafel bij het raam
and on the table was a feather fan
En op tafel stond een verenwaaier
and there were two or three pairs of tiny white gloves
En er waren twee of drie paar kleine witte handschoentjes
she picked up the feather fan and a pair of the gloves
Ze pakte de verenwaaier en een paar van de handschoenen
and she was just about to leave the room
En ze stond op het punt de kamer te verlaten
but then her eyes fell upon a little bottle

Maar toen viel haar oog op een flesje
She uncorked the bottle and put it to her lips
Ze ontkurkte de fles en zette hem aan haar lippen
"I do hope it'll make me grow large again"
"Ik hoop wel dat ik er weer groot van word"
"I'm tired of being such a tiny little thing!"
"Ik ben het zat om zo'n klein ding te zijn!"
Alice had hardly drunk half the bottle
Alice had nauwelijks de helft van de fles leeggedronken
her head was already pressing against the ceiling
Haar hoofd drukte al tegen het plafond
and she had to stoop down
En ze moest bukken
to save her neck from being broken
om te voorkomen dat haar nek wordt gebroken
She hastily put down the bottle
Haastig zette ze de fles neer
"That's quite enough"
"Dat is genoeg"
"I hope I don't grow anymore"
"Ik hoop dat ik niet meer groei"
Alas! It was too late to wish that!
Helaas! Het was te laat om dat te wensen!
She went on growing and growing
Ze bleef groeien en groeien
and very soon she had to kneel down on the floor
En al snel moest ze op de grond knielen
and even then she went on growing
En zelfs toen bleef ze groeien
as a last resource she put one arm out of the window
Als laatste redmiddel stak ze een arm uit het raam
and she put one foot up the chimney
En ze zette een voet in de schoorsteen
"Now I can do no more, whatever happens"
"Nu kan ik niets meer doen, wat er ook gebeurt"
"What will become of me?"
"Wat zal er van mij worden?"

Alice had a spot of luck
Alice had een beetje geluk
the little magic bottle had had its full effect
Het toverflesje had zijn volle effect gehad
and Alice grew no larger than she was
en Alice werd niet groter dan ze was
After a few minutes she heard a voice outside
Na een paar minuten hoorde ze buiten een stem
and she stopped to listen to the voice
En ze stopte om naar de stem te luisteren
"Mary Ann! Mary Ann!" said the voice
"Maria Ann! Mary Ann!" zei de stem
"Fetch me my gloves this moment!"
"Haal nu mijn handschoenen voor me!"
Then came a little pattering of feet on the stairs
Toen kwam er een beetje getrappel van voeten op de trap
Alice knew it was the rabbit coming to look for her
Alice wist dat het het konijn was dat haar kwam zoeken
and she trembled till she shook the house

En ze beefde tot ze het huis deed schudden
she quite forgot what her proportions were
Ze was helemaal vergeten wat haar proporties waren
she was a thousand times as large as the rabbit
Ze was duizend keer zo groot als het konijn
and she had no reason to be afraid of a rabbit
En ze had geen reden om bang te zijn voor een konijn
Presently the rabbit came up to the door
Weldra kwam het konijn naar de deur
and the little rabbit tried to open the door
En het kleine konijn probeerde de deur te openen
the door started to open inwards
De deur begon naar binnen open te gaan
but Alice's elbow was pressed hard against the door
maar Alice's elleboog werd hard tegen de deur gedrukt
that attempt proved a failure
Die poging liep op niets uit
Alice heard the rabbit speak to himself
Alice hoorde het konijn tegen zichzelf praten
"Then I'll go around and get in through the window"
"Dan ga ik rond en ga door het raam naar binnen"
"That you won't!" thought Alice
"Dat doe je niet!" dacht Alice
and she waited a little again
En ze wachtte weer een beetje
soon she heard the rabbit just under the window
Al snel hoorde ze het konijn net onder het raam
she suddenly spread out her hand
Plotseling strekte ze haar hand uit
and she made a snatch in the air
En ze maakte een ruk in de lucht
She did not get hold of anything
Ze kreeg niets te pakken
but she heard a little shriek and a fall
Maar ze hoorde een klein gilletje en een val
and she heard a crash of broken glass
En ze hoorde een knal van gebroken glas

perhaps the rabbit had fallen
Misschien was het konijn gevallen
maybe he was in a green-house
Misschien was hij in een kas
Next came an angry voice; the rabbit's voice
Vervolgens kwam er een boze stem; De stem van het konijn
"Pat, where are you?"
"Pat, waar ben je?"
And then came a voice she had never heard before
En toen kwam er een stem die ze nog nooit eerder had
gehoord
"your honour, I'm here!"
"Edelachtbare, ik ben hier!"
"I'm digging for apples"
"Ik ben aan het graven naar appels"
"Here! Come and help me out of this!"
"Hier! Kom en help me hieruit!"
"Now tell me, Pat, what's that in the window?"
"Vertel me nu eens, Pat, wat is dat in het raam?"
"Sure, your honour, I will tell you"
"Natuurlijk, edelachtbare, ik zal het u vertellen"
"it's an arm that's in the window!"
"Het is een arm die in het raam zit!"
"Well, an arm has no business there"
"Nou, een arm heeft daar niets te zoeken"
"go and take the arm away!"
"Ga en neem de arm weg!"
There was a long silence after this
Hierna viel er een lange stilte
and Alice could only hear whispers now and then
en Alice kon alleen af en toe gefluister horen
and at last she spread out her hand again
En eindelijk strekte ze haar hand weer uit
and she made another snatch in the air
En ze maakte nog een ruk in de lucht
This time there were two little shrieks
Deze keer waren er twee kleine gilmetjes

and there was more sounds of broken glass
En er was meer geluid van gebroken glas
"I wonder what they'll do next!" thought Alice
"Ik vraag me af wat ze nu gaan doen!" dacht Alice
"I wish they would pull me out the window"
"Ik wou dat ze me uit het raam zouden trekken"
She waited for some time
Ze wachtte enige tijd
but for a while she didn't hear anything more
Maar een tijdje hoorde ze niets meer
At last came a rumbling of little wheels
Eindelijk kwam er een gerommel van kleine wieltjes
and there came the sound of a good many voices
En daar klonk het geluid van een groot aantal stemmen
all the voices were talking together
Alle stemmen spraken samen
She could make out some of the words
Ze kon sommige van de woorden onderscheiden
"Where's the other ladder?"
"Waar is de andere ladder?"
"Bill's got the other ladder"
"Bill heeft de andere ladder"
"Bill, come here!"
"Bill, kom hier!"
"Will the roof bear the load?"
"Zal het dak de last dragen?"
"Who wants to go down the chimney?"
"Wie wil er door de schoorsteen gaan?"
"Nay, I shall not! You do it!"
"Neen, dat zal ik niet doen! Jij doet het!"
"Here, Bill!"
"Hier, Bill!"
"The master says you've got to go down the chimney!"
"De meester zegt dat je door de schoorsteen moet gaan!"
Alice drew her foot as far down the chimney as she could
Alice trok haar voet zo ver mogelijk door de schoorsteen
and then she waited to see what was coming

En toen wachtte ze om te zien wat er zou komen
she heard a little animal scratching and scrambling
Ze hoorde een diertje krabben en klauteren
the little animal must be in the chimney
Het diertje moet in de schoorsteen zitten
then she gave one sharp kick
Toen gaf ze een harde trap
and she waited to see what would happen next
En ze wachtte om te zien wat er nu zou gebeuren
she heard a general chorus of voices
Ze hoorde een algemeen koor van stemmen
"There goes Bill!" they all said
"Daar gaat Bill!" zeiden ze allemaal
then she heard the rabbit's voice alone
Toen hoorde ze alleen de stem van het konijn
"You by the hedge, catch him!"
"Jij bij de heg, vang hem!"
there was another moment of silence
Er was weer een moment van stilte
and then there was another confusion of voices
En toen was er weer een spraakverwarring
"Hold up his head, Brandy"
"Houd zijn hoofd omhoog, Brandy"
"be careful not to choke him"
"Pas op dat je hem niet verstikt"
"What happened to you?"
"Wat is er met je gebeurd?"
Last came a little feeble, squeaking voice
Als laatste kwam een kleine zwakke, piepende stem
"Well, I hardly know no more"
"Nou, meer weet ik bijna niet"
"thank you all, I'm better now"
"Bedankt allemaal, ik ben nu beter"
"there is one thing I can remember"
"Er is één ding dat ik me kan herinneren"
"something comes at me like a train in a tunnel"
"Er komt iets op me af als een trein in een tunnel"

"and up I fly like a sky-rocket!"
"En ik vlieg als een raket omhoog!"
there was a minute or two of silence
Er was een minuut of twee stilte
and then they began moving about again
En toen begonnen ze weer te bewegen
and Alice heard the Rabbit speak again
en Alice hoorde het Konijn weer praten
"A barrowful will do, to begin with"
"Een kruiwagen vol is voldoende, om mee te beginnen"
"A barrowful of what?" thought Alice
"Een kruiwagen vol van wat?" dacht Alice
But she was not kept in suspense for long
Maar ze werd niet lang in spanning gehouden
a shower of little pebbles came through the window
Een regen van kleine kiezelstenen kwam door het raam
and some of the little pebbles hit her in the face
En sommige van de kleine kiezelstenen sloegen haar in het gezicht
Alice was surprised about the little pebbles
Alice was verbaasd over de kleine kiezelstenen
all the little pebbles were turning into cakes
Alle kleine kiezelsteentjes veranderden in cakes
and a bright idea came into her head
En er kwam een lumineus idee in haar hoofd
"I should eat one of these cakes"
"Ik zou een van deze taarten moeten eten"
"cake is sure to make some change in my size"
"Cake zal zeker wat verandering in mijn maat teweegbrengen"
So she swallowed one of the cakes
Dus slikte ze een van de cakes door
and she was delighted to find that she began shrinking
En ze was verheugd te ontdekken dat ze begon te krimpen
soon she was small enough to get through the door
Al snel was ze klein genoeg om door de deur te komen
she ran out of the house
Ze rende het huis uit

a crowd of little animals and birds were waiting outside
Een menigte kleine dieren en vogels wachtte buiten
all the little birds and animals rushed at Alice
alle vogeltjes en beestjes stormden op Alice af
but she ran off as fast as she could
Maar ze rende zo snel als ze kon weg
and soon she found herself safe in a thick wood
En al snel bevond ze zich veilig in een dicht bos
Alice wandered about in the woods
Alice zwierf rond in het bos
and she thought to herself:
En ze dacht bij zichzelf:
"I know what I have to do first"
"Ik weet wat ik eerst moet doen"
"first I have to grow to my right size again"
"Eerst moet ik weer naar mijn juiste maat groeien"
"and then I have to find my way into that lovely garden"
"en dan moet ik mijn weg vinden naar die heerlijke tuin"
"I suppose I ought to eat or drink something or other"
"Ik veronderstel dat ik het een of ander moet eten of drinken"
"but the question is what should I eat or drink?"
"Maar de vraag is: wat moet ik eten of drinken?"
Alice looked all around her at the flowers
Alice keek om zich heen naar de bloemen
and she looked through the blades of grass
En ze keek door de grassprieten
but she could not see anything to eat or drink
Maar ze kon niets zien om te eten of te drinken
nothing looked like the right thing to eat or drink
Niets leek op het juiste om te eten of te drinken
There was a large mushroom growing near her
Er groeide een grote paddenstoel bij haar in de buurt
the mushroom was about the same height as Alice
de paddenstoel was ongeveer even hoog als Alice
She stretched herself up on tiptoes
Ze rekte zich op haar tenen uit
and she peeped over the edge of the mushroom

En ze gluurde over de rand van de paddenstoel

her eyes immediately met the eyes of a large blue caterpillar

Haar ogen ontmoetten onmiddellijk de ogen van een grote blauwe rups

the caterpillar was sitting on the top of the mushroom

De rups zat op de top van de paddenstoel

and the caterpillar had crossed all his arms

En de rups had al zijn armen over elkaar geslagen

and he was quietly smoking a long hookah

En hij rookte stilletjes een lange waterpijp

and he took not the smallest notice of anything

En hij sloeg nergens de minste acht op

and he certainly didn't pay attention to Alice

en hij schonk zeker geen aandacht aan Alice

Advice from a caterpillar
Advies van een rups

At last the caterpillar took the hookah out of its mouth
Eindelijk haalde de rups de waterpijp uit zijn bek
and he addressed Alice in a languid, sleepy voice
en hij richtte zich tot Alice met een lome, slaperige stem
"Who are you?" said the caterpillar
"Wie ben jij?" zei de rups

Alice replied, rather shyly, "I hardly know, sir"
Alice antwoordde, nogal verlegen: "Ik weet het nauwelijks,
meneer"
"just at the moment it's all a bit..."
"Alleen op dit moment is het allemaal een beetje..."
"I know who I was when I got up this morning""
"Ik weet wie ik was toen ik vanmorgen opstond""
"but I think I must have changed several times since then"
"Maar ik denk dat ik sindsdien meerdere keren veranderd
moet zijn"
"What do you mean by that?" said the caterpillar

"Wat bedoel je daarmee?" zei de rups

sternly the caterpillar asked her to explain herself

Streng vroeg de rups haar om zich uit te leggen

"I can't explain myself, I'm afraid, sir," said Alice

"Ik kan mezelf niet verklaren, vrees ik, meneer," zei Alice

"because I'm not myself"

"omdat ik mezelf niet ben"

"you see, being so many different sizes in a day is very confusing"

"Zie je, zoveel verschillende maten op een dag is erg verwarrend"

She pulled herself up and said very gravely:

Ze trok zich op en zei heel ernstig:

"I think you ought to tell me who you are, first"

"Ik denk dat je me eerst moet vertellen wie je bent"

"Why?" said the caterpillar

"Waarom?" zei de rups

Alice could not think of any good reason

Alice kon geen goede reden bedenken

and the caterpillar seemed to be in a very unpleasant state of mind

En de rups leek in een zeer onaangename gemoedstoestand te verkeren

so she turned away

Dus wendde ze zich af

"Come back!" the caterpillar called after her

"Kom terug!" riep de rups haar na

"I've something important to say!"

"Ik heb iets belangrijks te zeggen!"

Alice turned and came back again

Alice draaide zich om en kwam weer terug

"Keep your temper," said the caterpillar

"Blijf geduld," zei de rups

"Is that all?" said Alice

"Is dat alles?" zei Alice

and she swallowed her anger as well as she could

En ze slikte haar woede zo goed als ze kon

"No," said the caterpillar
"Nee," zei de rups
the caterpillar unfolded its arms
De rups ontvouwde zijn armen
and he took the hookah out of his mouth again
En hij haalde de waterpijp weer uit zijn mond
and he said, "So you think you're changed, do you?"
en hij zei: "Dus je denkt dat je veranderd bent, nietwaar?"
"I'm afraid, I am changed, sir," said Alice
"Ik ben bang, ik ben veranderd, meneer," zei Alice
"I can't remember things as I used to remember them"
"Ik kan me de dingen niet meer herinneren zoals ik ze me
vroeger herinnerde"
"and I don't stay the same size for more than ten minutes!"
"en ik blijf niet langer dan tien minuten even groot!"
"What size do you want to be?" asked the caterpillar
"Welke maat wil je hebben?" vroeg de rups
**"Oh, I don't particularly mind what size I am," Alice hastily
replied**
"Oh, het maakt me niet echt uit hoe groot ik ben," antwoordde
Alice haastig
"I just don't like changing size so often, you know"
"Ik hou er gewoon niet van om zo vaak van maat te
veranderen, weet je"
"I would like to be a little larger, sir"
"Ik zou graag een beetje groter willen zijn, meneer"
"if you wouldn't mind," added Alice
'Als je het niet erg vindt,' voegde Alice eraan toe
"Ten centimetres is such a wretched height to be"
"Tien centimeter is zo'n ellendige hoogte om te zijn"
"It is a very good height indeed!" said the caterpillar angrily
"Het is inderdaad een heel goede hoogte!" zei de rups boos
and he reared itself upright as he spoke
en hij richtte zich op terwijl hij sprak
he was exactly ten centimetres high
Hij was precies tien centimeter lang
In a minute or two, the caterpillar got down off the

mushroom
Binnen een minuut of twee kwam de rups van de paddenstoel af
and he crawled away into the grass
En hij kroop weg in het gras
as he went away, he made some little remarks
Toen hij wegging, maakte hij enkele kleine opmerkingen
"One side will make you grow taller"
"Aan de ene kant word je groter"
"and the other side will make you grow shorter"
"En de andere kant zal je korter laten groeien"
"One side of what?" thought Alice to herself
"Eén kant van wat?" dacht Alice bij zichzelf
"The other side of what?"
"De andere kant van wat?"
"the side of the mushroom," said the caterpillar
"De zijkant van de paddenstoel," zei de rups
it was as if she had asked her question aloud
Het was alsof ze haar vraag hardop had gesteld
and in another moment, he was out of sight
En in een ander moment was hij uit het zicht
Alice remained looking thoughtfully at the mushroom
Alice bleef peinzend naar de paddenstoel kijken
she was trying to make out which were the two sides of the mushroom
Ze probeerde erachter te komen welke de twee kanten van de paddenstoel waren
At last she stretched her arms around the mushroom
Eindelijk strekte ze haar armen om de paddenstoel
and she broke off a bit of the edges
En ze brak een stukje van de randen af
"And now, which side is which?" she said to herself
"En nu, welke kant is wat?" zei ze tegen zichzelf
and she nibbled a little of the right-hand bit
En ze knabbelde een beetje van het rechterdeel
The next moment she felt a violent blow underneath her chin

Het volgende moment voelde ze een hevige klap onder haar kin
her chin had struck her foot!
Haar kin had haar voet geraakt!
She was a good deal frightened by this very sudden change
Ze schrok behoorlijk van deze zeer plotselinge verandering
she was shrinking very rapidly
Ze kromp heel snel
so she quickly ate some of the other bit of mushroom
Dus at ze snel wat van het andere stukje paddenstoel
Her chin was pressed very closely against her foot
Haar kin werd heel dicht tegen haar voet gedrukt
there was hardly room to open her mouth
Er was nauwelijks ruimte om haar mond open te doen
but she did at last manage to open her mouth
Maar het lukte haar eindelijk om haar mond open te doen
and she swallowed a morsel of the left-hand bit
En ze slikte een hap van het linker bit door
"my head's been freed at last!" said Alice
"mijn hoofd is eindelijk vrij!" zei Alice
she looked down at herself
Ze keek naar zichzelf
but all she could see was an immense length of neck
Maar het enige wat ze kon zien was een immense lengte van de nek
her neck seemed to rise like a stalk
Haar nek leek als een stengel omhoog te komen
and she looked down over a sea of green leaves
En ze keek neer over een zee van groene bladeren
"Where have my shoulders gotten to?"
"Waar zijn mijn schouders gebleven?"
"And oh, my poor hands, how is it I can't see you?"
"En o, mijn arme handen, hoe komt het dat ik je niet kan zien?"
but her neck did have one benefit
Maar haar nek had wel één voordeel
she could move her head in any direction
Ze kon haar hoofd in elke richting bewegen

in fact, she was just like a serpent
In feite was ze net een slang
she gracefully zigzagged her head down
Ze zigzagde gracieus met haar hoofd naar beneden
and she moved her head through the trees
En ze bewoog haar hoofd door de bomen
but then she heard a sharp hiss
Maar toen hoorde ze een scherp gesis
and she quickly pulled her head back
En ze trok snel haar hoofd terug
a large pigeon had flown into her face
Er was een grote duif in haar gezicht gevlogen
and the pigeon was violently with its wings
en de duif was gewelddadig met zijn vleugels

"Serpent!" cried the pigeon
"Slang!" riep de duif
"I'm not a serpent!" said Alice indignantly
"Ik ben geen slang!" zei Alice verontwaardigd
"Leave me alone!"
"Laat me met rust!"
"I've tried the roots of trees"
"Ik heb de wortels van bomen geprobeerd"
"and I've tried hedges," the pigeon went on
"En ik heb heggen geprobeerd," ging de duif verder
"but those serpents! There's no pleasing them!"
"Maar die slangen! Er is geen sprake van het behagen van hen!"
Alice was more and more puzzled
Alice raakte steeds meer in verwarring
"As if it wasn't trouble enough hatching the eggs," said the pigeon
"Alsof het nog niet lastig genoeg was om de eieren uit te broeden", zei de duif
"by night and day I must look out for serpents too!"
"Bij nacht en dag moet ik ook uitkijken voor slangen!"
"I had just found the highest tree in the forest"
"Ik had net de hoogste boom in het bos gevonden"
"surely I'd be free from serpents here?"
"Ik zou hier toch zeker vrij zijn van slangen?"
"and out comes a serpent from the sky!"
"En er komt een slang uit de hemel!"
"But I'm not a serpent, I tell you!" said Alice
"Maar ik ben geen slang, dat zeg ik je!" zei Alice
"I'm a... I'm a... I'm a little girl," she added rather doubtfully
"Ik ben een... Ik ben een... Ik ben een klein meisje," voegde ze er nogal twijfelend aan toe
she had after all been going through a lot of changes
Ze had immers veel veranderingen doorgemaakt
"You're looking for eggs," said the pigeon
"Je bent op zoek naar eieren," zei de duif
"I know that for a fact"

"Dat weet ik zeker"
"and what does it matter if you're a little girl or a serpent?"
"En wat maakt het uit of je een klein meisje of een slang bent?"
"It matters a good deal to me," said Alice hastily
'Het maakt me veel uit,' zei Alice haastig
"but I'm not looking for eggs, as it happens"
"Maar ik ben niet op zoek naar eieren, want het gebeurt"
"and I wouldn't want your eggs anyway"
"en ik zou je eieren toch niet willen"
"I don't like my eggs raw"
"Ik hou niet van mijn eieren rauw"
"Well, be off then!" said the pigeon in a sulky tone
"Nou, wegwezen dan!" zei de duif op een norse toon
and the pigeon settled down again into its nest
En de duif nestelde zich weer in zijn nest
Alice crouched down among the trees as well as she could
Alice hurkte zo goed als ze kon neer tussen de bomen
her neck kept getting entangled among the branches
Haar nek raakte steeds verstrikt tussen de takken
every now and then she had to stop and untwist her neck
Af en toe moest ze stoppen en haar nek losdraaien
After awhile she remembered the mushroom
Na een tijdje herinnerde ze zich de paddenstoel
she still held the pieces of mushroom in her hands
Ze had de stukjes paddenstoel nog steeds in haar handen
and she set to work very carefully
En ze ging heel voorzichtig aan de slag
first she nibbled at one piece
Eerst knabbelde ze aan een stuk
and then she nibbled at the other piece
En toen knabbelde ze aan het andere stuk
sometimes she grew taller
Soms werd ze groter
and sometimes she grew shorter
En soms werd ze korter
but finally she achieved her usual height
Maar uiteindelijk bereikte ze haar gebruikelijke lengte

she hadn't been her own height for some time
Ze was al een tijdje niet meer zo lang als ze was
so everything felt strange for a while
Dus alles voelde een tijdje vreemd
"The next thing to do is to get into that beautiful garden"
"Het volgende wat je moet doen is die prachtige tuin ingaan"
"how is that to be done, I wonder?"
"Hoe moet dat worden gedaan, vraag ik me af?"
As she said this, she came upon an open place
Terwijl ze dit zei, kwam ze op een open plek
there was a little house, a bit higher than a metre
Er was een klein huisje, iets hoger dan een meter
"I wonder who lives in this little house"
"Ik vraag me af wie er in dit huisje woont"
"I certainly can't go in as big as I am"
"Ik kan er zeker niet zo groot in gaan als ik ben"
"I would frighten them terribly!"
"Ik zou ze vreselijk bang maken!"
so she nibbled at the little mushroom again
Dus knabbelde ze weer aan de kleine paddenstoel
and soon she brought herself down thirty centimetres
En al snel bracht ze zichzelf dertig centimeter naar beneden

A pig and some pepper
Een varken en wat peper
For a minute or two she stood looking at the house
Een minuut of twee stond ze naar het huis te kijken
suddenly a footman came running out of the woods
Plotseling kwam er een lakei uit het bos rennen
he was wearing a special livery uniform
Hij droeg een speciaal livrei-uniform
judging by his face only, she would have called him a fish
Alleen al aan zijn gezicht te zien, zou ze hem een vis hebben
genoemd
and he rapped loudly at the door with his knuckles
En hij klopte luid met zijn knokkels op de deur
the door was opened by another footman
De deur werd geopend door een andere lakei
this footman too was wearing a special livery
Ook deze lakei droeg een speciale livrei
this footman had a round face and large eyes like a frog
Deze lakei had een rond gezicht en grote ogen als een kikker

The footman that looked like a fish initiated the ceremony
De lakei die eruitzag als een vis leidde de ceremonie in
he pulled out something from under his arm
Hij haalde iets onder zijn arm vandaan
and he pulled out from under his arm an envelope
En hij haalde een envelop onder zijn arm vandaan
and this envelope he handed over to the other footman
En deze envelop overhandigde hij aan de andere lakei
in a ceremonious tone he told him the orders
Op ceremoniële toon vertelde hij hem de orders
"This message is for the Duchess"
"Dit bericht is voor de hertogin"
"An invitation from the queen to play croquet"
"Een uitnodiging van de koningin om croquet te spelen"
The footman that looked like a frog repeated the order
De lakei die op een kikker leek, herhaalde het bevel
"from the queen"
"Van de koningin"
"an invitation"
"Een uitnodiging"
"for the Duchess"
"voor de hertogin"
"playing croquet"
"croquet spelen"
Then they both bowed low
Toen bogen ze allebei diep
and the curls in their wigs got entangled together
En de krullen in hun pruiken raakten in elkaar verstrengeld
soon the footman that looked like a fish was gone
Al snel was de lakei die op een vis leek verdwenen
but the footman that looked like a frog was still there
Maar de lakei die op een kikker leek, was er nog steeds
he was sitting on the ground near the door
Hij zat op de grond bij de deur
he was staring stupidly up into the sky
Hij staarde stom naar de lucht
Alice went timidly up to the door and knocked

Alice liep schuchter naar de deur en klopte aan
"There's no use in knocking," said the footman
"Het heeft geen zin om te kloppen", zei de lakei
"and that is for two reasons"
"En dat heeft twee redenen"
"First, because I'm on the same side of the door as you are"
"Ten eerste omdat ik aan dezelfde kant van de deur sta als jij"
"secondly, because they're making so much noise inside"
"Ten tweede omdat ze binnen zoveel lawaai maken"
"no one could possibly hear you"
"Niemand kan je horen"
And there certainly was a most extraordinary noise going on within
En er was zeker een heel buitengewoon lawaai gaande binnenin
a constant howling and sneezing
een constant gehuil en niezen
and every now and then a sound of great crashing
en zo nu en dan een geluid van geweldig geknal
as if a dish or kettle had been broken to pieces
Alsof een schotel of ketel in stukken is gebroken
"How am I to get in?" asked Alice
"Hoe moet ik binnenkomen?" vroeg Alice
"Should you get in at all?" said the footman
"Moet je er überhaupt in?" zei de lakei
"That's the first question, you know"
"Dat is de eerste vraag, weet je"
Alice opened the door and went in
Alice opende de deur en ging naar binnen
The door led right into a large kitchen
De deur leidde rechtstreeks naar een grote keuken
the kitchen was full of smoke from one end to the other
De keuken stond van het ene uiteinde tot het andere vol rook
in the middle of the kitchen was the Duchess
in het midden van de keuken stond de hertogin
she was sitting on a three-legged stool
Ze zat op een krukje met drie poten

and she was nursing a baby
En ze was een baby aan het voeden
the cook was leaning over the fire
De kok leunde over het vuur
he was stirring a large caldron
Hij was een grote ketel aan het roeren
and the caldron seemed to be full of soup
En de ketel leek vol soep te zitten
"There's certainly too much pepper in that soup!" Alice said to herself
"Er zit zeker te veel peper in die soep!" Zei Alice tegen zichzelf
she said it as best she could without sneezing
Ze zei het zo goed als ze kon zonder te niezen
Even the Duchess sneezed occasionally
Zelfs de hertogin niesde af en toe
but the baby's actions were the most noteworthy
Maar de acties van de baby waren het meest opmerkelijk
the baby was sneezing and howling alternately
De baby niestte en huilde afwisselend
there was not a moment's pause between howling and sneezing
Er was geen moment pauze tussen huilen en niezen
There were two creatures in the kitchen that did not sneeze
Er waren twee wezens in de keuken die niet niezen
the cook was too busy to sneeze
De kok had het te druk om te niezen
and the large cat did not seem to mind the pepper
En de grote kat leek de peper niet erg te vinden
instead, the large cat was grinning from ear to ear
In plaats daarvan grijnsde de grote kat van oor tot oor
"Please would you tell me," said Alice, a little timidly
'Zou je het me alsjeblieft willen vertellen,' zei Alice een beetje verlegen
"why is your cat grinning like that?"
"Waarom grijnst je kat zo?"
"It's a Cheshire-Cat," said the Duchess
"Het is een Cheshire-Cat," zei de hertogin

"and that's why he's grinning from ear to ear"
"En daarom grijnst hij van oor tot oor"
"I didn't know that a Cheshire-Cat always grinned"
"Ik wist niet dat een Cheshire-Cat altijd grijnsde"
"in fact, I didn't know that cats could grin," said Alice
"Ik wist eigenlijk niet dat katten konden grijnzen", zei Alice
"there is much you don't know," said the Duchess
"Er is veel dat je niet weet," zei de hertogin
"there is much you don't know and that's a fact"
"Er is veel dat je niet weet en dat is een feit"
Just then the cook took the caldron of soup off the fire
Juist op dat moment haalde de kok de ketel soep van het vuur
and at once she started throwing everything within her reach
En meteen begon ze alles binnen haar bereik te gooien
she threw everything she could at the Duchess and the babe
ze gooide alles wat ze kon naar de hertogin en de baby
first she threw the fire-irons
Eerst gooide ze de vuurijzers
then she threw a handful of saucepans
Toen gooide ze een handvol pannen
and finally she threw the plates and dishes
En uiteindelijk gooide ze de borden en borden
The Duchess took no notice of her
De hertogin sloeg geen acht op haar
even when she was hit by a plate she did not worry
Zelfs als ze door een plaat werd geraakt, maakte ze zich geen
zorgen
the baby was already howling so much
De baby huilde al zo veel
**so it was impossible to say whether the blows hurt the baby
or not**
Het was dus onmogelijk om te zeggen of de slagen de baby
pijn deden of niet
"Oh, please mind what you're doing!" cried Alice
"Oh, let alsjeblieft op wat je doet!" riep Alice
and she jumped up and down in an agony of terror
En ze sprong op en neer in een doodsangst

the Duchess offered Alice the baby
de hertogin bood Alice de baby aan
"Here! You may nurse the baby a bit, if you like!"
"Hier! Je mag de baby een beetje voeden, als je wilt!"
and she flung the baby at her as she spoke
En ze gooide de baby naar haar terwijl ze sprak
"I must go and get ready to play croquet with the queen"
"Ik moet me klaarmaken om croquet te spelen met de koningin"
and she hurried out of the room
En ze haastte zich de kamer uit
Alice caught the baby with some difficulty
Alice ving de baby met enige moeite op
because it was a very odd-shaped little creature
Omdat het een heel vreemd gevormd wezentje was
and the baby held out its arms and legs in all directions
En de baby stak zijn armen en benen in alle richtingen uit
"I better take this child away with me," thought Alice
"Ik kan dit kind maar beter meenemen", dacht Alice
"they're sure to kill this baby in a day or two"
"Ze zijn er zeker van dat ze deze baby binnen een dag of twee zullen doden"
"Wouldn't it be murder to leave this baby behind?"
"Zou het geen moord zijn om deze baby achter te laten?"
She said the last words out loud
Ze sprak de laatste woorden hardop uit
and the little thing grunted in reply
En het kleine ding gromde als antwoord
"you best not turn into a pig, my dear," said Alice
"Je kunt maar beter niet in een varken veranderen, mijn liefste," zei Alice
"or else I'll have nothing more to do with you"
"of anders wil ik niets meer met je te maken hebben"
Alice was just beginning to think to herself:
Alice begon net bij zichzelf te denken:
"Now, what am I to do with this creature, when I get it home?"

"Nu, wat moet ik met dit schepsel doen, als ik het thuis krijg?"
but then the little creature grunted a little violently
Maar toen gromde het beestje een beetje heftig
and Alice looked down into its face in some alarm
en Alice keek verschrikt naar zijn gezicht
This time there could be no mistake about it
Deze keer kon er geen misverstand over bestaan
it was neither more nor less than a pig
Het was niet meer of minder dan een varken
so she set the little creature down
Dus zette ze het kleine beestje neer
and the little creature trot away quietly into the wood
En het beestje draafde rustig het bos in
Alice felt quite relieved to see the creature go
Alice voelde zich behoorlijk opgelucht toen ze het wezen zag gaan
Alice was a little startled by seeing the Cheshire-Cat
Alice schrok een beetje toen ze de Cheshire-Cat zag
it was sitting on a bough of a tree a few yards off
Het zat op een tak van een boom een paar meter verderop
The cat only grinned when it saw her
De kat grijnsde alleen maar toen hij haar zag
"Cheshire-cat," began Alice, rather timidly
'Cheshire-kat,' begon Alice nogal verlegen
"would you please tell me which way I ought to go from here?"
"Zou je me alsjeblieft willen vertellen welke kant ik vanaf hier op moet?"
"In that direction," the cat said
"In die richting," zei de kat
and it waved the right paw around
En hij zwaaide met de rechterpoot in het rond
"In that direction lives a maker of hats"
"In die richting woont een hoedenmaker"
and then the cat waved its other paw
En toen zwaaide de kat met zijn andere poot
"and in that direction lives a march hare"

"En in die richting woont een marshaas"
"Visit either you like; they're both mad"
"Bezoek wat je wilt; ze zijn allebei gek"
"But I don't want to go among mad people," Alice remarked
'Maar ik wil niet onder gekke mensen gaan,' merkte Alice op
"Oh, you can't help that," said the Cat
"Oh, daar kun je niets aan doen," zei de Kat
"we're all mad here"
"We zijn hier allemaal gek"
"are you playing croquet with the queen today?"
"Speel je vandaag croquet met de koningin?"
"I would like to very much," said Alice
"Dat zou ik heel graag willen", zei Alice
"but I haven't been invited yet"
"Maar ik ben nog niet uitgenodigd"
"You'll see me there," said the Cat
"Je zult me daar zien," zei de Kat
and from one moment to the next the cat vanished
En van het ene op het andere moment verdween de kat
soon Alice got in sight of the house of the march hare
al snel kreeg Alice het huis van de marshaas in het zicht
this was a very large house
Dit was een zeer groot huis
so Alice did not want to go near the house
dus Alice wilde niet in de buurt van het huis komen
**first she had to nibble some more of the left side bit of
mushroom**
Eerst moest ze nog wat van het linker stukje paddenstoel
knabbelen

a mad tea-party
Een waanzinnig theekransje

In front of the house there was a tree
Voor het huis stond een boom
and under the tree there was a table
En onder de boom stond een tafel
and the table was set with all sorts of cutlery
En de tafel was gedekt met allerlei bestek
the march hare and the hat maker were at the table
De Mars Haas en de Hoedenmaker zaten aan tafel
and together they were having tea
En samen zaten ze thee te drinken
a dormouse was sitting between them
Een slaapmuis zat tussen hen in
and the dormouse was fast asleep
En de slaapmuis was diep in slaap
The table was of extraordinary size
De tafel was van buitengewone grootte
but most of the table was unoccupied
Maar het grootste deel van de tafel was onbezet
they sat crowded together at one corner of the table
Ze zaten dicht op elkaar in een hoek van de tafel
and yet they made excuses when they saw Alice
en toch verontschuldigden ze zich toen ze Alice zagen
"No room! No room!" they cried out
"Geen ruimte! Geen plaats!" riepen ze uit
"There's plenty of room!" said Alice indignantly
"Er is ruimte genoeg!" zei Alice verontwaardigd
at one end of the table there was a large arm-chair
Aan het ene uiteinde van de tafel stond een grote leunstoel
and Alice sat herself in the armchair
en Alice ging in de leunstoel zitten
the hat maker opened his eyes very wide
De hoedenmaker sperde zijn ogen wijd open
he couldn't believe what he was seeing
Hij kon niet geloven wat hij zag
but his mind was curious about other things

Maar zijn geest was nieuwsgierig naar andere dingen
"Why is a raven like a writing-desk?"
"Waarom is een raaf als een schrijftafel?"
Alice was open to the challenge
Alice stond open voor de uitdaging
"I'm glad they've begun asking riddles"
"Ik ben blij dat ze raadsels zijn gaan stellen"
"I believe I can guess that," she added aloud
'Ik geloof dat ik dat wel kan raden,' voegde ze er hardop aan toe
The march hare grew curious about Alice
De marshaas werd nieuwsgierig naar Alice
"Do you really think you can find the answer?"
"Denk je echt dat je het antwoord kunt vinden?"
"I think I can find the answer indeed," said Alice
"Ik denk dat ik het antwoord inderdaad kan vinden", zei Alice
"Then you should say what you mean," the march hare went on
"Dan moet je zeggen wat je bedoelt," ging de marshaas verder
"I do say what I mean," Alice hastily replied
'Ik zeg wel wat ik bedoel,' antwoordde Alice haastig
"at the very least I mean what I say"
"Ik meen tenminste wat ik zeg"
"that's the same thing, you know"
"Dat is hetzelfde, weet je"
the dormouse also contributed to the conversation
Ook de Zevenslaper droeg bij aan het gesprek
but the dormouse seemed to be talking in its sleep
Maar de slaapmuis leek in zijn slaap te praten
"I breathe when I sleep"
"Ik adem als ik slaap"
"I sleep when I breathe!"
"Ik slaap als ik adem!"
"you might as well say they are the same too"
"Je kunt net zo goed zeggen dat ze ook hetzelfde zijn"
"It is the same thing with you," said the hat maker
"Met jou is het net zo," zei de hoedenmaker

and he poured a little tea on the dormouse's nose
En hij goot een beetje thee op de neus van de slaapmuis
The Dormouse shook its head impatiently
De Zevenslaper schudde ongeduldig zijn hoofd
and again the dormouse spoke, without opening its eyes
En weer sprak de slaapmuis, zonder zijn ogen te openen
"Of course, of course it is the same"
"Natuurlijk, natuurlijk is het hetzelfde"
"that's just what I was going to say myself"
"Dat is gewoon wat ik zelf wilde zeggen"

The hat maker turned to Alice and asked another question
De hoedenmaker wendde zich tot Alice en stelde nog een
vraag
"Have you guessed the riddle yet?"
"Heb je het raadsel al geraden?"
"No, I give up," Alice conceded
'Nee, ik geef het op,' gaf Alice toe
"What's the answer?" she wanted to know
"Wat is het antwoord?" wilde ze weten

"I haven't the slightest idea," said the hat maker
"Ik heb geen flauw idee", zei de hoedenmaker
"Nor do I know," said the march hare
"Ik weet het ook niet," zei de marshaas
Alice gave a weary sigh
Alice slaakte een vermoeide zucht
"there are better uses of time than riddles without answers"
"Er zijn betere toepassingen van tijd dan raadsels zonder
antwoorden"
"have some more tea," the march hare said to Alice, very
earnestly
"Neem nog wat thee," zei de marshaas heel serieus tegen Alice
Alice was quite offended by the offer
Alice was behoorlijk beledigd door het aanbod
"I've had not had tea yet," Alice replied
"Ik heb nog geen thee gehad," antwoordde Alice
"therefore I can't have any more tea"
"Daarom kan ik geen thee meer hebben"
"You mean you can't have less tea," said the hat maker
"Je bedoelt dat je niet minder thee kunt hebben", zei de
hoedenmaker
"it's very easy to take more than nothing"
"Het is heel gemakkelijk om meer dan niets te nemen"
At this, Alice got up and walked off
Hierop stond Alice op en liep weg
The dormouse fell asleep instantly
De slaapmuis viel meteen in slaap
and neither of the others took the least notice of her going
en geen van de anderen sloeg ook maar de minste aandacht
aan haar gaan
though she looked back once or twice
hoewel ze een of twee keer omkeek
they were trying to put the dormouse into the tea-pot
Ze probeerden de slaapmuis in de theepot te doen
"At any rate, I'll never go there again!" said Alice
"Daar ga ik in ieder geval nooit meer heen!" zei Alice
and she walked her way through the woods

En ze liep haar weg door het bos
"that was the stupidest tea-party I've ever been to"
"Dat was het stomste theekransje waar ik ooit ben geweest"
Just as she said this, she noticed something
Net toen ze dit zei, merkte ze iets op
one of the trees had a door leading right into it
Een van de bomen had een deur die er recht op uitliep
"That's very interesting!" she thought
"Dat is heel interessant!" dacht ze
"I think I may as well go through the door"
"Ik denk dat ik net zo goed door de deur kan gaan"
And through the door she went
En door de deur ging ze
Once more she found herself in the long hall
Opnieuw bevond ze zich in de lange hal
again she was close to the little glass table
Weer stond ze dicht bij het glazen tafeltje
she took the little golden key
Ze nam het gouden sleuteltje
and she unlocked the door that led into the garden
En ze ontgrendelde de deur die naar de tuin leidde
Then she set to work nibbling at the mushroom
Daarna ging ze aan de slag om aan de paddenstoel te
knabbelen
she had kept a piece of the mushroom in her pocket
Ze had een stukje van de paddenstoel in haar zak
and finally she was about a metre tall
En uiteindelijk was ze ongeveer een meter lang
then she walked down the little corridor
Toen liep ze door het gangetje
and then she finally found herself in the beautiful garden
En toen bevond ze zich eindelijk in de prachtige tuin
and she was among the bright flower and the cool fountains
En zij was te midden van de heldere bloem en de koele
fonteinen

The queen's croquet ground
De croquetgrond van de koningin
A large rose-tree stood near the entrance of the garden
Een grote rozenboom stond bij de ingang van de tuin
the roses growing on the tree were white
De rozen die aan de boom groeiden waren wit
but there were three gardeners painting the rose
Maar er waren drie tuinmannen die de roos schilderden
they were busily painting the roses red
Ze waren druk bezig de rozen rood te verven
and Alice was watching them paint the roses red
en Alice keek toe hoe ze de rozen rood verfden
and suddenly their eyes chanced to fall upon Alice
en plotseling viel hun oog toevallig op Alice
Alice spoke a little timidly
Alice sprak een beetje verlegen
"Would you tell me, please;"
"Zou je het me alsjeblieft willen vertellen;"
"why are you all painting those roses?"
"Waarom schilderen jullie allemaal die rozen?"
five and seven said nothing, but looked at two
Vijf en zeven zeiden niets, maar keken naar twee
two spoke, in a low voice
Twee spraken, met een zachte stem
"Why, the fact is, you see, madam"
"Wel, het is een feit, ziet u, mevrouw"
"this here ought to have been a red rose-tree"
"Dit hier had een rode rozenboom moeten zijn"
"and we put a white rose-tree in by mistake"
"En we hebben er per ongeluk een witte rozenboom in gezet"
"as you would agree, the queen must not find out"
"Zoals u het ermee eens bent, mag de koningin er niet achter komen"
"else we would all have our heads cut off"
"Anders zouden we allemaal onze hoofden afgehakt hebben"
"So you see, madam, we're doing our best"
"Zo ziet u maar, mevrouw, we doen ons best"

card five had been anxiously looking across the garden
Kaart vijf had angstig over de tuin gekeken
At this moment card five called out, "The queen! The queen!"
Op dat moment riep kaart vijf: "De koningin! De koningin!"
and the three gardeners instantly scurried away
En de drie tuinmannen haastten zich meteen weg
and they threw themselves flat upon their faces
en zij wierpen zich plat op hun gezicht
There was a sound of many footsteps
Er was een geluid van vele voetstappen
Alice looked around, eager to see the queen
Alice keek om zich heen, verlangend om de koningin te zien
At the start of the procession were ten soldiers
Aan het begin van de stoet stonden tien soldaten
their hands and feet were in the corners
Hun handen en voeten stonden in de hoeken
and in their hands and feet were clubs
en in hun handen en voeten waren knuppels
next came the ten courtiers
Vervolgens kwamen de tien hovelingen
the courtiers were ornamented all over with diamonds
De hovelingen waren overal versierd met diamanten
After the courtiers came the royal children
Na de hovelingen kwamen de koninklijke kinderen
there were ten of the royal children
Er waren tien van de koninklijke kinderen
and all the royal children were ornamented with hearts
en alle koninklijke kinderen waren met harten getooid
Next came the guests; mostly kings and queens
Vervolgens kwamen de gasten; meestal koningen en koninginnen
and among the kings and queen Alice saw someone
en onder de koningen en koningin Alice zag iemand
she saw again the white rabbit she had chased
Ze zag weer het witte konijn dat ze had achtervolgd
The procession was followed the knave of hearts

De stoet werd gevolgd door de hartenknecht
he was carrying the king's crown
Hij droeg de kroon van de koning
and the king's crown was on a crimson velvet cushion
en de kroon van de koning lag op een karmozijnrood fluwelen kussen
and then came the end of this grand procession
En toen kwam het einde van deze grootse processie
and there at the end were the king and queen of hearts
En daar aan het einde waren de Hartenkoning en de Hartenkoningin
the procession came opposite to Alice
de stoet kwam tegenover Alice
and they all stopped and looked at her
En ze stopten allemaal en keken naar haar
and the queen said severely, "Who is this?"
en de koningin zei streng: "Wie is dit?"
She said it to the Knave of Hearts
Ze zei het tegen de Hartenboer
but he just bowed and smiled in reply
Maar hij boog alleen maar en glimlachte als antwoord
Alice spoke very politely
Alice sprak heel beleefd
"My name is Alice, so please your majesty"
"Mijn naam is Alice, dus alstublieft uwe majesteit"
but she had other thoughts to herself
Maar ze had andere gedachten voor zichzelf
"they're only a pack of cards, after all!"
"Het is tenslotte maar een pak kaarten!"
"Can you play croquet?" shouted the queen
"Kun je croquet spelen?" riep de koningin
The question was evidently meant for Alice
De vraag was duidelijk voor Alice bedoeld
"Yes!" said Alice loudly
"Ja!" zei Alice luid
"Come play then!" roared the queen
"Kom dan spelen!" brulde de koningin

a timid voice spoke to Alice
een verlegen stem sprak tot Alice
"it's a very fine day!"
"Het is een hele fijne dag!"
She was walking by the white rabbit
Ze liep langs het witte konijn
and the White Rabbit was peeping anxiously into her face
en het Witte Konijn gluurde angstig in haar gezicht
"a very fine day indeed," confirmed Alice
"Inderdaad een heel mooie dag," bevestigde Alice
"Where's the duchess?"
"Waar is de hertogin?"
"Hush! Hush!" said the Rabbit
"Stil! Stil!" zei het Konijn
"She's under sentence of execution"
"Ze is veroordeeld tot executie"
"What is she being executed for?" asked Alice
"Waarom wordt ze geëxecuteerd?" vroeg Alice
"She scuffed the queen's ears," the rabbit began
'Ze heeft de oren van de koningin geschaafd,' begon het konijn
the queen shouted in a voice of thunder
schreeuwde de koningin met een stem van de donder
"Get to your places!"
"Ga naar je plaatsen!"
and people began running about in all directions
En de mensen begonnen in alle richtingen rond te rennen
and they all tumbled up against each other
En ze tuimelden allemaal tegen elkaar aan
However, they got settled down in a minute or two
Ze waren echter binnen een minuut of twee tot rust gekomen
and then the game began
En toen begon het spel
Alice had never seen such a curious croquet ground
Alice had nog nooit zo'n merkwaardig croquetveld gezien
the grass was all ridges and furrows
Het gras was een en al richels en voren
The croquet balls were real hedgehogs

De croquetballen waren echte egels
and the mallets were real flamingos
En de hamers waren echte flamingo's
and the soldiers stood on their hands and feet
En de soldaten stonden op handen en voeten
because the arches was made from their bodies
Omdat de bogen van hun lichamen zijn gemaakt
The players all played at once
De spelers speelden allemaal tegelijk
nobody waited for their turns
Niemand wachtte op zijn beurt
and everyone quarrelled with everyone
En iedereen maakte ruzie met iedereen
and all were fighting for the hedgehogs
En ze vochten allemaal voor de egels
soon the queen was in a furious passion
Al snel was de koningin in een woedende woede
and she started stamping about and shouting
En ze begon te stampen en te schreeuwen
"Chop off his head!"
"Hak zijn hoofd af!"
"Chop off her head!"
"Hak haar hoofd af!"
"Chop all their heads off!"
"Hak al hun hoofden eraf!"
Again Alice thought to herself
Weer dacht Alice bij zichzelf
"They're dreadfully fond of beheading people here"
"Ze zijn hier vreselijk dol op het onthoofden van mensen"
"the great wonder is that there's anyone left alive!"
"Het grote wonder is dat er nog iemand in leven is!"
She was looking about for some way of escape
Ze zocht naar een manier om te ontsnappen
she noticed a curious appearance in the air
Ze zag een merkwaardige verschijning in de lucht
"It's the Cheshire-cat," she said to herself
'Het is de Cheshire-kat,' zei ze tegen zichzelf

"now I shall have somebody to talk to"
"Nu zal ik iemand hebben om mee te praten"
"How are you getting on?" said the cat
"Hoe gaat het met je?" zei de kat
"I don't think they play at all fairly," Alice said
'Ik denk niet dat ze eerlijk spelen,' zei Alice
and she had a rather complaining tone
En ze had een nogal klagende toon
"they all quarrel so dreadfully"
"Ze maken allemaal zo'n vreselijke ruzie"
"one can't hear oneself speak"
"Je kunt jezelf niet horen praten"
"and they don't seem to play by any rules"
"En ze lijken zich aan geen enkele regel te houden"
the cat asked Alice a question in a low voice
de kat stelde Alice een vraag met zachte stem
"How do you like the queen?"
"Wat vind je van de koningin?"
"I don't like her at all," said Alice
"Ik vind haar helemaal niet leuk", zei Alice

Alice thought she might as well go back
Alice dacht dat ze net zo goed terug kon gaan
she wanted to see how the game was going
Ze wilde zien hoe de wedstrijd verliep
she went off in search of her hedgehog
Ze ging op zoek naar haar egel
The hedgehog was busy fighting another hedgehog
De egel was druk bezig met het bestrijden van een andere egel
this was an excellent opportunity
Dit was een uitgelezen kans
she could croquet one hedgehog with the other
Ze kon de ene egel met de andere croqueten
but her flamingo was on the other side of the garden
Maar haar flamingo stond aan de andere kant van de tuin
the flamingo was rather clumsy
De flamingo was nogal onhandig
her flamingo was trying to fly up into a tree
Haar flamingo probeerde tegen een boom aan te vliegen
She caught the flamingo by the leg
Ze greep de flamingo bij de poot
and she tucked the flamingo away under her arm
En ze stopte de flamingo weg onder haar arm
that way the flamingo couldn't escape again
Op die manier kon de flamingo niet meer ontsnappen
Just then Alice happened to meet the duchess
Net op dat moment ontmoette Alice toevallig de hertogin
The duchess was now out of prison
De hertogin was nu uit de gevangenis
She tucked her arm affectionately under Alice's arm
Ze stak haar arm liefdevol onder Alice's arm
and then they walked off together
En toen liepen ze samen weg
Alice was very glad to find her in such a pleasant temper
Alice was erg blij haar in zo'n aangenaam humeur te vinden
She was a little startled, however
Ze schrok echter een beetje
she heard the voice of the duchess close to her ear

Ze hoorde de stem van de hertogin dicht bij haar oor
"You're thinking about something, my dear"
"Je denkt ergens aan, mijn liefste"
"and that makes you forget to talk"
"En daardoor vergeet je te praten"
"The game's going on rather better now," Alice said
'Het spel gaat nu een stuk beter,' zei Alice
it was one way of keeping the conversation going
Het was een manier om het gesprek gaande te houden
"it is so indeed," said the duchess
"Dat is inderdaad zo," zei de hertogin
"and the moral of that is this:"
"En de moraal daarvan is deze:"
"It is love that does it all!"
"Het is de liefde die alles doet!"
"Love is what makes the world go around"
"Liefde is wat de wereld doet draaien"
Alice had another explanation
Alice had een andere verklaring
"it's done by everybody minding his own business!"
"Het wordt gedaan door iedereen die zich met zijn eigen
zaken bemoeit!"
"Ah, well! You could be right"
"Ach ja! Je zou gelijk kunnen hebben"
"It all means much the same thing," said the Duchess
"Het betekent allemaal ongeveer hetzelfde," zei de hertogin
and she dug her sharp little chin into Alice's shoulder
en ze groef haar scherpe kinnetje in Alice's schouder
"and the moral of that is this"
"En de moraal daarvan is deze"
"Take care of the sense"
"Zorg voor de zintuigen"
"and then the sounds will take care of themselves"
"En dan zorgen de geluiden voor zichzelf"
but then the duchess's arm began to tremble
Maar toen begon de arm van de hertogin te trillen
Alice looked up and there stood the queen

Alice keek op en daar stond de koningin
the queen had her arms folded
De koningin had haar armen over elkaar
and she was frowning like a thunderstorm!
En ze fronste haar wenkbrauwen als een onweersbui!
"I give you fair warning," shouted the queen
"Ik geef je een eerlijke waarschuwing", schreeuwde de koningin
and she stomped on the ground as she spoke
En ze stampte op de grond terwijl ze sprak
"either your head or her head must be off"
"Of je hoofd of haar hoofd moet eraf zijn"
"Take your choice!"
"Maak je keuze!"
"and be quick about it"
"En wees er snel bij"
The duchess made her choice
De hertogin maakte haar keuze
and within a moment the duchess was gone
En binnen een ogenblik was de hertogin verdwenen
Then the queen spoke to Alice
Toen sprak de koningin tot Alice
"Let's go on with the game"
"Laten we doorgaan met het spel"
Alice was too frightened to say a word
Alice was te bang om een woord te zeggen
and she slowly followed her back to the croquet-ground
En ze volgde haar langzaam terug naar het croquetveld
the whole time the queen quarrelled with the other players
De hele tijd maakte de koningin ruzie met de andere spelers
"Chop off his head!"
"Hak zijn hoofd af!"
"Chop off her head!"
"Hak haar hoofd af!"
"Chop all their heads off!"
"Hak al hun hoofden eraf!"
soon all the players were in custody

Al snel zaten alle spelers in hechtenis
only the king, the queen, and Alice remained
alleen de koning, de koningin en Alice bleven over
Then the queen left, quite out of breath
Toen ging de koningin weg, helemaal buiten adem
and she walked away with Alice
en ze liep weg met Alice
Alice heard the king quietly say something
Alice hoorde de koning zachtjes iets zeggen
"You are all pardoned"
"Jullie zijn allemaal vergeven"
but suddenly there was another cry heard
Maar opeens was er weer een kreet te horen
"The trial is beginning!"
"Het proces begint!"
and Alice ran along with the others
en Alice rende mee met de anderen

who stole the tarts?

Wie heeft de taarten gestolen?

The king and queen of hearts were seated

De koning en de hartenkoningin zaten

they were on their throne when Alice arrived

ze zaten op hun troon toen Alice arriveerde

there was a great crowd assembled around them

Er had zich een grote menigte om hen heen verzameld

there were all sorts of little birds and beasts

Er waren allerlei kleine vogels en beesten

and there was the whole pack of cards

En daar was het hele pak kaarten

the knave was standing in front of them, in chains

De knecht stond voor hen, geketend

and there was a soldier on each side to guard him

En er was een soldaat aan elke kant om hem te bewaken

near the King was the white rabbit

bij de koning was het witte konijn

he had a trumpet in one hand

Hij had een trompet in de ene hand

and he had a scroll of parchment in the other hand

En hij had een rol perkament in de andere hand

In the very middle of the court was a table

In het midden van de binnenplaats stond een tafel

on the table was a large dish of tarts

Op tafel stond een grote schaal met taarten

"I wish they'd get the trial done," Alice thought

'Ik wou dat ze de proef voor elkaar kregen,' dacht Alice

"then we could eat some of those refreshments!"

"Dan kunnen we wat van die versnaperingen eten!"

The judge, by the way, was the king
De rechter was trouwens de koning
and he wore his crown over his great wig
En hij droeg zijn kroon over zijn grote pruik
"That's the jury-box," thought Alice
"Dat is de jurybox", dacht Alice
"and those twelve creatures, I suppose they are the jurors"
"en die twaalf wezens, ik veronderstel dat zij de juryleden
zijn"
some were animals, and some were birds
sommige waren dieren en sommige waren vogels
Just then the white rabbit cried out
Op dat moment schreeuwde het witte konijn het uit
"Silence in the court!"
"Stilte in de rechtbank!"
"Herald, read the accusation!" said the king
"Heraut, lees de aanklacht!" zei de koning
the white rabbit blew three blasts on the trumpet
Het witte konijn blies drie slagen op de trompet
then he unrolled the parchment-scroll
Toen rolde hij de perkamenten rol uit

and he read as follows:
En hij las als volgt:
"The queen of hearts, she made some tarts,"
"De hartenkoningin, ze heeft wat taarten gemaakt,"
"All this she did on a summer day"
"Dit alles deed ze op een zomerse dag"
"The knave of hearts, he stole those tarts"
"De hartenknaap, hij heeft die taarten gestolen"
"And he took those tarts far away!"
"En hij nam die taarten ver weg!"
"Call the first witness," said the king
"Roep de eerste getuige", zei de koning
and the white rabbit blew three blasts on the trumpet
En het witte konijn blies drie slagen op de trompet
"bring the first witness!" he called out
"Breng de eerste getuige mee!" riep hij
The first witness was the hat maker
De eerste getuige was de hoedenmaker
he came in with a teacup in one hand
Hij kwam binnen met een theekopje in de ene hand
and he had a piece of bread and butter in the other hand
En hij had een stuk brood en boter in de andere hand
"You ought to have finished," said the King
"Je had moeten eindigen," zei de koning
"When did you begin?"
"Wanneer ben je begonnen?"
The hat maker looked at the march hare
De hoedenmaker keek naar de marshaas
the march hare had followed him into the court
De marshaas was hem gevolgd naar het hof
he had walked arm in arm with the dormouse
Hij was arm in arm met de slaapmuis gelopen
"Fourteenth of March, I think it was," he said
"Veertien maart, ik denk dat het was," zei hij
"Give your evidence," said the king
"Geef uw getuigenis", zei de koning
"and don't be nervous, or I'll have you executed on the spot"

"en wees niet nerveus, anders laat ik je ter plekke executeren"
This did not seem to encourage the witness at all
Dit leek de getuige in het geheel niet aan te moedigen
he kept shifting from one foot to the other
Hij schoof steeds van de ene voet op de andere
and he looked uneasily at the queen
En hij keek ongemakkelijk naar de koningin
and, in his confusion, he bit a large piece out of his teacup
En in zijn verwarring beet hij een groot stuk uit zijn theekopje
really he meant to bite from his bread and butter
Eigenlijk was het zijn bedoeling om van zijn brood en boter te bijten
Just at this moment Alice felt a very curious sensation
Juist op dat moment voelde Alice een heel merkwaardig gevoel
she was beginning to grow larger again
Ze begon weer groter te worden
The miserable hat maker dropped his teacup
De ellendige hoedenmaker liet zijn theekopje vallen
and the bread and butter fell to the ground
en het brood en de boter vielen op de grond
and he went down on one knee
En hij ging op één knie zitten
"I'm a poor man, your majesty," he began
'Ik ben een arme man, majesteit,' begon hij
"You're a very poor speaker," said the king
"Je bent een heel slechte spreker", zei de koning
"You may go," said the king
"Je mag gaan," zei de koning
and the hat maker hurriedly left the court
En de hoedenmaker verliet haastig het hof
"Call the next witness!" said the king
"Roep de volgende getuige!" zei de koning
The next witness was the duchess's cook
De volgende getuige was de kokkin van de hertogin
She carried the pepper-box in her hand
Ze droeg de peperdoos in haar hand

and the people near the door began sneezing all at once
En de mensen bij de deur begonnen ineens te niezen
"Give your evidence," said the king
"Geef uw getuigenis", zei de koning
"I shall give no evidence," said the cook
"Ik zal geen getuigenis afleggen," zei de kok
The king looked anxiously at the white rabbit
De koning keek angstig naar het witte konijn
and the white rabbit spoke in a quiet voice
En het witte konijn sprak met een zachte stem
"your majesty must cross-examine this witness"
"Uwe Majesteit moet deze getuige aan een kruisverhoor onderwerpen"
"Well, if I must, I must," the king said
"Nou, als het moet, moet het wel", zei de koning
"What are tarts made of?"
"Waar zijn taarten van gemaakt?"
"tarts are made of pepper, mostly," said the cook
"Taarten zijn meestal gemaakt van peper", zei de kok
For some minutes the whole court was in confusion
Minutenlang was de hele rechtbank in verwarring
eventually they all settled down again
Uiteindelijk kwamen ze allemaal weer tot rust
but by then the cook had disappeared
Maar toen was de kok al verdwenen
"Never mind!" said the king
"Laat maar!" zei de koning
"call to the stand the next witness"
"Roep de volgende getuige naar de tribune"
Alice watched the white rabbit as he fumbled over the list
Alice keek naar het witte konijn terwijl hij aan de lijst rommelde
you can imagine her surprise at what she heard next
Je kunt je voorstellen hoe verrast ze was over wat ze vervolgens hoorde
at the top of his shrill little voice, he called the name "Alice!"
uit volle borst riep hij de naam "Alice!"

Alice's evidence
Alice's bewijs

"Here!" cried Alice
"Hier!" riep Alice
She jumped up in a great hurry
Ze sprong met grote haast op
and she tipped over the jury-box
En ze kantelde de jurybox om
and she knocked over all the jurymen
En ze gooide alle juryleden omver
and they fell on to the heads of the crowd below
en zij vielen op de hoofden van de menigte beneden
Alice was in great dismay
Alice was in grote ontzetting
"Oh, I beg your pardon!" she exclaimed
"O, neem me niet kwalijk!" riep ze uit
"The trial cannot proceed," said the king
"Het proces kan niet doorgaan", zei de koning
"the jurymen must get back in their proper places"
"De juryleden moeten weer op hun juiste plaats gaan zitten"
he repeated the order with great emphasis
Hij herhaalde het bevel met grote nadruk
and he looked at Alice sternly
en hij keek Alice streng aan
"What do you know about these events?" the king asked Alice
"Wat weet je over deze gebeurtenissen?" vroeg de koning aan Alice
"I know nothing on the subject," said Alice
"Ik weet niets over het onderwerp," zei Alice
The king then read from his book
De koning las toen voor uit zijn boek
"Rule forty two"
"Regel tweeënveertig"
"All persons more than a mile high are to leave the court"
"Alle personen die meer dan een mijl hoog zijn, moeten het hof verlaten"

"**I'm not a mile high,**" said Alice
"Ik ben geen mijl hoog", zei Alice
"**Nearly two miles high,**" said the Queen
"Bijna twee mijl hoog," zei de koningin

"**Well, I refuse to go,**" said Alice
"Nou, ik weiger te gaan", zei Alice
The king turned pale
De koning werd bleek
and he shut his note-book hastily
En hij sloeg haastig zijn notitieboekje dicht
"**Consider your verdict,**" he said to the jury
"Denk na over uw oordeel", zei hij tegen de jury
he spoke in a low, trembling voice
Hij sprak met een lage, bevende stem
then the white rabbit spoke
Toen sprak het witte konijn
"**There's more evidence to come yet**"
"Er komt nog meer bewijs"
and he jumped up in a great hurry

En hij sprong met grote haast op
"This paper has just been picked up"
"Dit papier is net opgehaald"
"It seems to be a letter written by the prisoner"
"Het lijkt een brief te zijn die door de gevangene is geschreven"
He unfolded the paper as he spoke
Hij vouwde het papier open terwijl hij sprak
"It isn't a letter, after all"
"Het is toch geen brief"
"what it was was a set of verses"
"Wat het was, was een reeks verzen"
"Please, your majesty," said the knave
"Alstublieft, majesteit," zei de knaap
"I didn't write those verses"
"Ik heb die verzen niet geschreven"
"and they can't prove that I wrote anything"
"En ze kunnen niet bewijzen dat ik iets heb geschreven"
"there's no name signed at the end"
"Er is geen naam ondertekend aan het einde"
the king spoke to the knave
De koning sprak tot de knecht
"You must have meant to cause some mischief"
"Het moet je bedoeling zijn geweest om wat onheil te stichten"
"else you'd have signed your name like an honest man"
"Anders had je je naam getekend als een eerlijk man"
There was a general clapping of hands
Er werd algemeen in de handen geklapt
and the king turned to the white rabbit
En de koning wendde zich tot het witte konijn
"Read the verses," he ordered
'Lees de verzen', beval hij
There was dead silence in the court
Er heerste een doodse stilte in de rechtszaal
and the white rabbit read out the verses
En het witte konijn las de verzen voor
They told me you had been to her

Ze vertelden me dat je bij haar was geweest
And they mentioned me to him
En ze noemden me bij hem
She gave me a good character
Ze gaf me een goed karakter
But she said I could not swim
Maar ze zei dat ik niet kon zwemmen
He sent them word I had not gone
Hij stuurde hun het bericht dat ik niet was gegaan
We know it to be true
We weten dat het waar is
**If she should push the matter on, what would become of
you?**
Als ze de zaak zou doorzetten, wat zou er dan van je worden?
I gave her one, they gave him two
Ik gaf haar er een, zij gaven hem er twee
You gave us three or more
Je gaf ons er drie of meer
They all returned from him to you
Ze zijn allemaal van hem naar jou teruggekeerd
although they were mine before
hoewel ze eerder van mij waren
If I or she should chance to be
Als ik of zij toevallig zou zijn
If I or she were involved in this affair
Als ik of zij betrokken was bij deze affaire
He trusts to you to set them free
Hij vertrouwt op jou om hen te bevrijden
Exactly as we were
Precies zoals we waren
My notion was that you had been
Mijn idee was dat je was geweest
Before she had this fit
Voordat ze deze aanval had
An obstacle that came between
Een obstakel dat tussen
Him, and ourselves, and it

Hij, en onszelf, en het
Don't let him know she liked them best
Laat hem niet weten dat ze ze het leukst vond
For this must for ever be a secret, kept from all the rest
Want dit moet voor altijd een geheim zijn, verborgen voor alle anderen
This secret must remain a secret between yourself and me
Dit geheim moet een geheim blijven tussen jou en mij
the king was very impressed
De koning was erg onder de indruk
"That's the most important piece of evidence we've heard yet"
"Dat is het belangrijkste bewijs dat we tot nu toe hebben gehoord"
"I don't believe those verses carry an atom of meaning," objected Alice
'Ik geloof niet dat die verzen ook maar een greintje betekenis hebben,' wierp Alice tegen
the King had his own opinion on the matter
de koning had er zo zijn eigen mening over
"If there's no meaning in those words, that saves a world of trouble"
"Als er geen betekenis in die woorden zit, scheelt dat een wereld van ellende"
"then we needn't try to find the meaning"
"Dan hoeven we niet te zoeken naar de betekenis"
"Let the jury consider their verdict"
"Laat de jury zich beraden op hun oordeel"
"No, no!" said the queen
"Nee, nee!" zei de koningin
"Sentencing first—verdict afterwards"
"Eerst veroordeling, dan vonnis"
"Stuff and nonsense!" said Alice loudly
"Onzin en onzin!" zei Alice luid
"how silly it is to sentence the defendant first!"
"Hoe dom is het om de beklaagde eerst te veroordelen!"

"Hold your tongue!" said the queen, turning purple
"Hou je mond!" zei de koningin, terwijl ze paars werd
"I will not hold my tongue!" said Alice
"Ik zal mijn mond niet houden!" zei Alice
the queen shouted at the top of her voice
De koningin schreeuwde uit volle borst
"chop off her head!"
"Hak haar hoofd eraf!"
Nobody made a movement
Niemand maakte een beweging
"Who cares what you say?" said Alice
"Wat maakt het uit wat je zegt?" zei Alice
she had grown to her full size by this time
Tegen die tijd was ze tot haar volle grootte gegroeid
"You're nothing but a pack of cards!"
"Je bent niets anders dan een pak kaarten!"
At this, all the cards rose up in the air
Hierop stegen alle kaarten in de lucht
and all the cards came flying down upon her

En alle kaarten vlogen op haar neer
she gave a little scream
Ze gaf een klein gilletje
she was half afraid, but also angry
Ze was half bang, maar ook boos
and she tried to fight the cards off of herself
En ze probeerde de kaarten van zichzelf af te vechten
and then she found herself lying on the grass bank
En toen lag ze op de grasbank
her head was in the lap of her sister
Haar hoofd lag in de schoot van haar zus
some dead leaves had landed on her face
Er waren wat dode bladeren op haar gezicht geland
and her sister was gently brushing the leaves away
En haar zus veegde voorzichtig de bladeren weg
"Wake up, Alice dear!" said her sister
"Wakker worden, Alice!" zei haar zus
"what a long sleep you've had!"
"Wat heb je lang geslapen!"
"Oh, I've had such a curious dream!" said Alice
"Oh, ik heb zo'n merkwaardige droom gehad!" zei Alice
And she told her sister all she could remember
En ze vertelde haar zus alles wat ze zich kon herinneren
all the strange adventures that you have just been reading about
Alle vreemde avonturen waar je net over hebt gelezen
Alice got up and ran off
Alice stond op en rende weg
and she thought, while she ran, about her dream
En ze dacht, terwijl ze rende, aan haar droom
"what a wonderful dream it had been!"
"Wat een prachtige droom was het geweest!"